弘扬主旋律 传递正能量

有多少出门的人
就有多少奋斗的故事

出门人
People away from home

张东 著

南方日报出版社
NANFANG DAILY PRESS

图书在版编目（CIP）数据

出门人 / 张东著. — 广州 : 南方日报出版社, 2012. 11（2015. 11 重印）

ISBN 978-7-5491-0711-7

Ⅰ. ①出… Ⅱ. ①张… Ⅲ. ①传记文学－中国－当代 Ⅳ. ①I25

中国版本图书馆 CIP 数据核字(2012)第 255245 号

CHUMEN REN

出门人　　张东 著

出版发行：南方日报出版社

地　　址：广州市广州大道中 289 号

电　　话：（020）83000502

经　　销：全国新华书店

印　　刷：广州市怡升印刷有限公司

开　　本：889mm×1194mm　1/16

印　　张：16. 5

印　　数：70001—80000 册

字　　数：200 千字

版　　次：2015 年 11 月第 7 版

印　　次：2015 年 11 月第 7 次印刷

定　　价：30. 00 元

投稿热线：（020）83000503　读者热线：（020）83000502

网址：http://nf.nfdaily.cn/press/

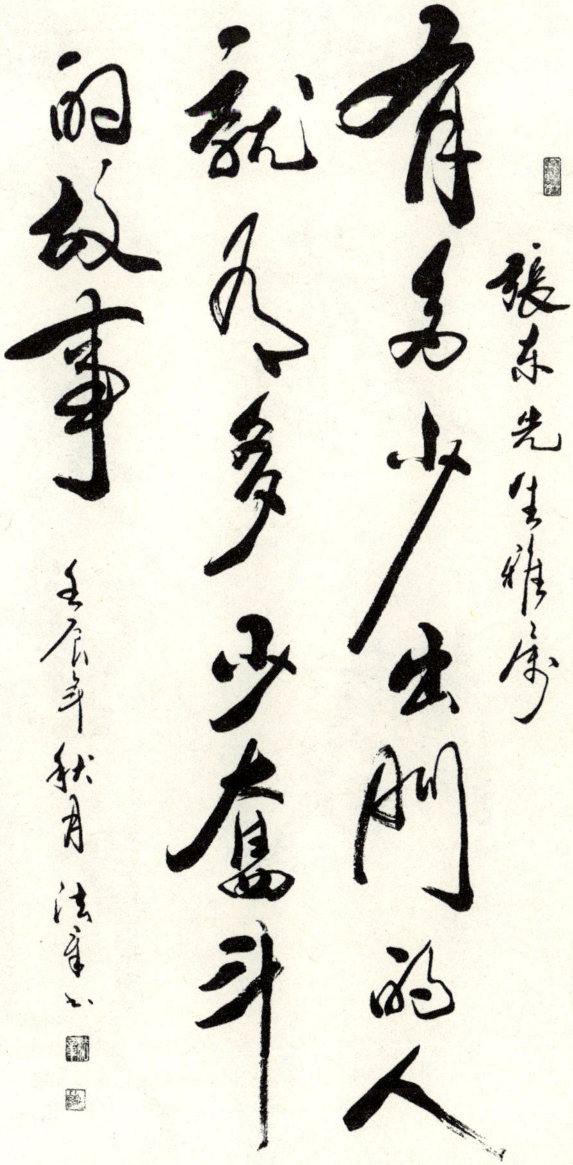

题词：王厚宏　曾任海南省委副书记、常务副省长

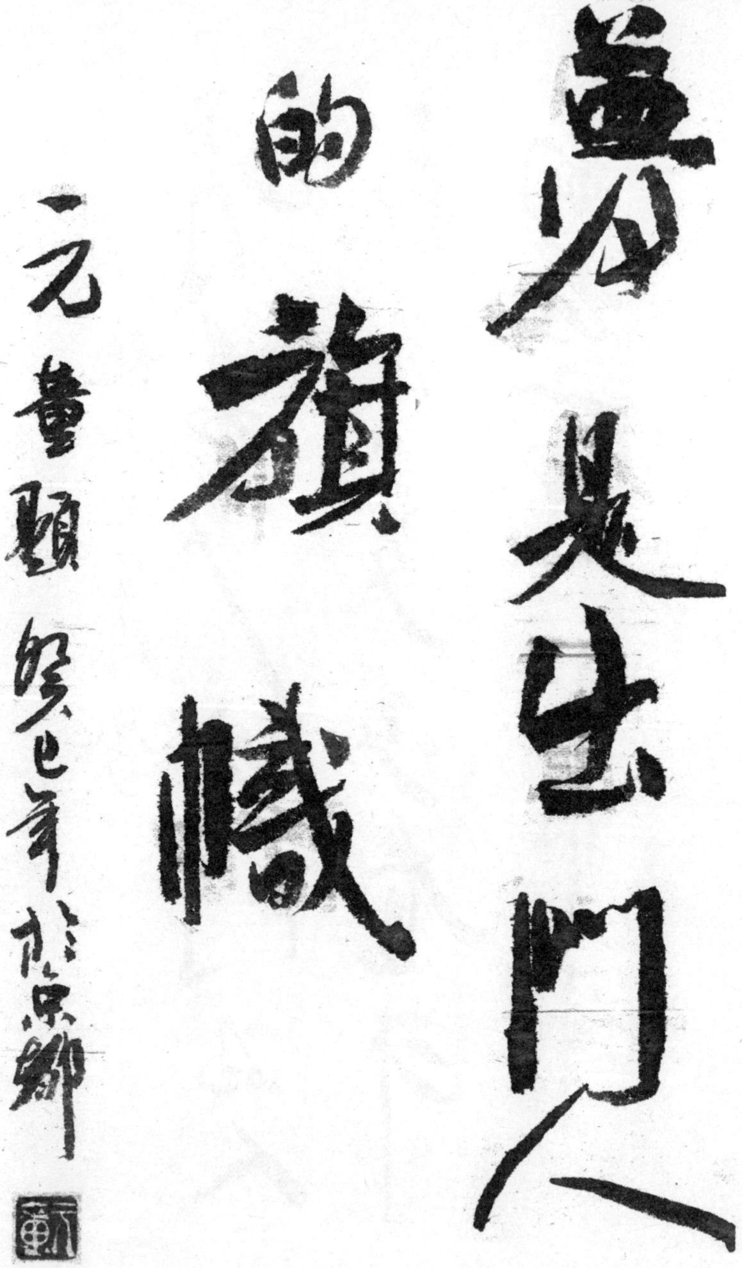

题词：元　童　原国家民族书画院院长

谨以此书献给我的曾经

和曾经与我一样追寻梦想的人

张东在甘肃雅丹地貌

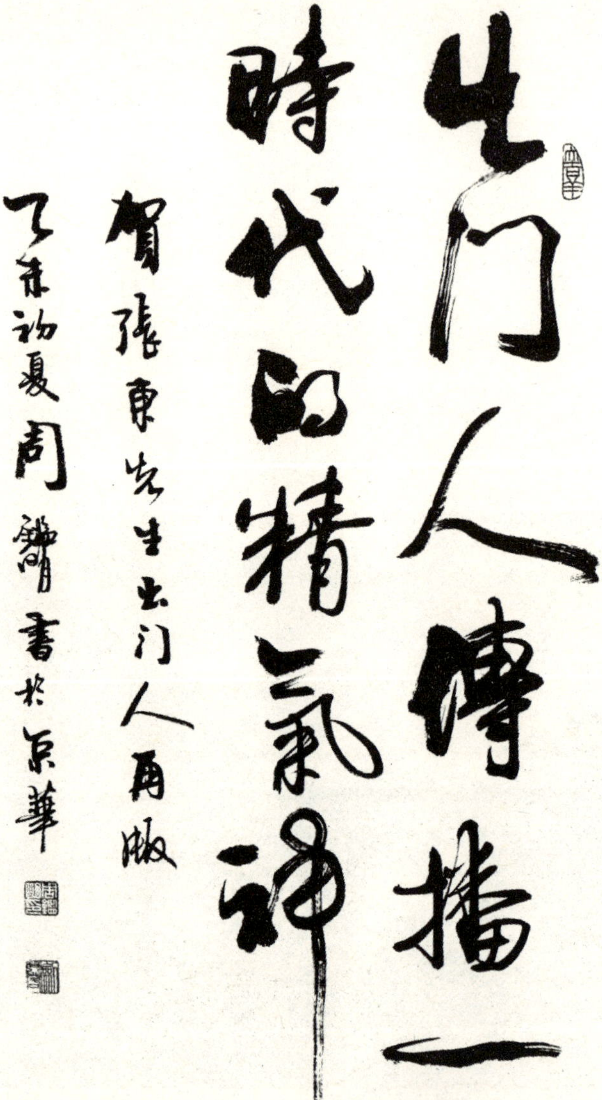

题词：周鉴明　中国书法家协会会员、北京中联国兴书画院驻会副院长、海南徽韵书画院院长

目录 CONTENTS

序一
《出门人》的最大启示是什么

刘桂明

作为媒体人，本应十几年前就有可能与曾任法制日报广东版主编的张东握手相识。但却不知何故，始终擦肩而过，失之交臂。

十几年后的今天，还是因为媒体人的介绍，终于与张东相识。看来，人生中有些人注定是要走进你的生命中。只不过是时间早晚先后而已。不仅如此，与张东的第一次握手之后，竟然还得到了他的人生经典之作《出门人》。

回到家后，我几乎是以一气呵成式的速度读完了张东用心凝聚的命运总结与回忆《出门人》。掩上书页，脑海里便立即浮现出几个问号：《出门人》为什么能够一版再版？《出门人》为什么能够吸引读者一口气读完？这本书到底给了我们什么样的启示？

在我看来，本书最鲜明的特点就是真实。可以说，既有真实的描述与介绍，也有真实的回顾与总结，更有真实的检讨与反思。不仅显示了真实，而且彰显了真情，更加反映了真功夫与真本领。因为真功夫与真本领，所以更耐读、更好读、更值得读。事实上，如此不粉饰、不雕琢、不拔高、不矫情、不文过饰非的作品，已经很难见到，也很难读到了。

众所周知，当下大多数人都是出门人。每一位出门人都希望通过自己的努力而改变命运，都渴望通过自己的奋斗而走向成功，都盼望通过自己的成长而造福社会。当自己的追求目标都顺利实现之时，每一位出门人最大的感慨一定就是感恩。与其说本书是一部反映出门人如何克服困难走向成功的奋斗之作，还不如说本书是一部感激亲朋师长感谢高人恩人的感恩之作。由此，我读到了这本叫做《出门人》带给每一位出门人的最大启示：感恩。

所谓“感恩”，就是感激别人的恩德。美国著名犹太人哲学家、神学家赫舍尔教授说：“感恩意识从我们一存在便给予了我们。它并不是从概念中产生的；在它被制定为概念或其内容被阐明以前，它就作为一种意识留在我们身上。它意味着承担任务，受到召唤。它体会到，生活是获得，而不是索取。它的内容是为收到礼物而感激。它不只是一种生物学的授受关系。……人如果不意识到自己蒙受了恩惠，就不会想到自己是人。因此，这不仅仅是一种感情，而且是做人的本质特征，取消了它就将泯灭人的特点。”

“感恩”不仅是我们的安身立命之本，也不仅是我们做人的本质特征，更应是我们的一种生活态度，一种处世哲学，一种善于发现美并欣赏美的道德情操。心有感恩，我们才能看到平凡中的美丽；心有感恩，我们才能在知足惜福中体验一种由宽容、善意、温情与和谐共同勾勒的美好情愫。

于是，人间因为有了感恩而更加斑斓多姿，世界因为有了感恩而更加多姿绚丽，人生因为有了感恩而更加绚丽丰富，社会因为有了感恩而丰富和谐。感恩，让我们激情四溢，让我们刻骨铭心；感恩，帮我们穿越苦难，助我们超越自我；感恩，使我们成功成仁，使我们精益求精；感恩，为我们回归自我提供参照，为我们回归人性寻求慰藉。

在张东的笔下，我们可以看到，父母的养育之恩、领导的提携之恩、乡邻的帮助之恩、长辈的关心之恩、高人的教导之恩、同事的支持之恩、同行的鼓励之恩、恋人的激励之恩……可谓应有尽有，淋漓尽致。为此，张东感激为自己带来考试机会的二伯张勋华与给自己介绍工作机会的二叔张勋文，感激真诚善良的李姨与在广州遇到的第一个老乡朱庆生，感激人生中最重要的贵人吕向阳及因此而结识的吕守国、吴经胜等一起创业的同事；感激让自己第一次成了记者的曹总与使自己第一次享受了创业乐趣的李总；感激引领自己并成就自己新闻梦想的南方报人项仙君、程益中、夏逸陶、陈朝华、喻华峰、庄慎之、任天阳；感激帮助自己华丽转身的法制日报人李矗、郭恒忠、陈应革、陈会礼、邓新建及政法界领导……感激所有帮助过自己、关照过自己、引领过自己的人！

其实，在我们的生活中，不是缺少美，而是缺少发现。只要注意发现，在我们的生活中时时处处都能感到许许多多值得感恩的情和爱。父母的含辛茹苦，师长的谆谆教诲，配偶的相濡以沫，朋友的肝胆相照，领导的辛勤培育，同事的精诚团结……他们感动我们的是："赠人玫瑰、手有余香"的平和心态，"滴水之恩、涌泉相报"的传统情怀，"一言既出、驷马难追"的不变承诺，只知付出、不求索取的英雄真心。他们是普通人，却作出了不凡的贡献；他们是特殊人，却拥有着普通的情怀。

一个没有令人艳羡学历的人，却书写了人生中最美丽的传奇；一个没有什么经济基础的人，却创造了事业上最闪亮的业绩；一个没有任何社会背景的人，却改变了生命中最艰难的命运。命运其实是无私的，她对谁都很公平，所以谁都不必抱怨；命运其实是无声的，她不会直接用语言告诉你怎么办，而只是用行动提醒你如何感谢命运；命运其实又是无情的，她会告诉你如何用一生去了解命运、改变命运、谱写命运。而如果你不知恩、不感恩，命运就将永远对你关上大门。

对张东来说，从1994年到2009年，虽然只是15年的时间，但这是他最神奇、最传奇、最惊奇的15年。在这15年里，他从上海的南汇来到更加陌生的广州，从张贴小广告的窘迫到房地产中介的安逸，从安逸之后的跳槽到初生牛犊当记者，从南方报人的点滴成长到法制日报的不速之客……一方面是个人的进步与提升，另一方面是知恩念恩的回顾与提炼。

感恩的前提是知恩，感恩的前行是念恩。因为知恩，张东才能知道怎样努力；因为念恩，张东才能不断取得进步；因为感恩，张东才获得了今天这样的成功。

于是，一部由出门人表达感恩、诠释感恩、提升感恩的心灵之作《出门人》就这样展现在我们面前。

2015年7月13日

（刘桂明，中国法学会《民主与法制》社总编辑，高级编辑，现兼任中国法学会法律文书学研究会副会长、中国法学会律师法学研究会副会长）

序二
历史当铭记“出门人”

井水清

35年前。

1978年11月24日，安徽凤阳小岗村的18个村民饿着肚子签下生死文书，对集体土地大包干，彻底打破了实行了20年的人民公社大锅饭制度。他们是第一代“出门人”，虽然走出的只是家门方圆几里路，却掀起中国改革开放的篇章，成为农村改革的源头。一个月后，十一届三中全会召开，安徽的“出门人”走出农门步入京城。

35年后。

2013年11月12日，安徽率先宣布包括凤阳小岗村在内的20个区县进行土地流传试点改革，掀起新土改的面纱，这天，是十八届三中全会闭幕的日子，安徽的“出门人”从京城步入农门。他们又将启动中国二次改革开放的引擎，成为中国梦的发动机。

35年间，农村人、城里人、出门人，中国特有的三种角色在不停互换，也在不停呼唤，呼唤着他们的梦想，呼唤着中国梦。

此间，1998年，从安徽前往广州奋斗了4年的张东，成立了属于自己的公司，名叫“出门人文化传播有限公司”。早在创立出门人公司之初，张东内心就萌生了两个愿望：记录并出版一本与“出门人”有关的书；拍一部反映“出门人”的电影或电视剧。

如今，《出门人》这本书出版刚刚一周年，就已一版再版，足以证明，《出门人》这本书取得了较强的社会反响，引起了广大“出门人”的共鸣。

35年的改革开放，取得了举世瞩目的成就，创造了无数的时代精英。我认为，推动这30多年经济发展的主力军，是生于六七十年代的热血青年，他们的时代特征与“改革开放”同在，他们都是我眼中的“出门人”。

曾经，零落的村庄长年走不出一个农家子弟，他们和父辈一样坚守着贫穷和苦难，日出而作，日落而息。当改革开放的号角吹响，许多不甘命运的农村青年毅然走出家门，坐轮船，爬火车，辗转数千里，投身改革开放的最前沿。曾经，用整个家族财力培养出的一些中专生、大学生，被如火如荼的南方建设气息所感染，亲手打破那来之不易的铁饭碗，下海弄潮……

在前沿城市，那些“出门人”用年少时积攒的坚韧和毅力，承受着创业的艰辛与苦难，一路蹒跚前行，坚持到今天。他们的持之以恒，彻底改变了命运，他们中的许多人，如今已成为各个领域的精英或领军人物，堪当一代人的楷模。甚至，对于中国积贫积弱面貌的改变，他们也是功不可没。

时间早已进入新世纪，这一代跨世纪的“出门人”开始迈向中老年。回首过去的峥嵘岁月，难免感慨万端。那坎坷而辉煌的宝贵经历，他们多么希望能与后来者分享，多么希望自己的奋斗精神能激励更多的年轻人。

党的十八届三中全会刚刚闭幕，全会公报里，关于肯定改革开放35年成果的字眼不绝于耳。公报还提出，要深化文化体制改革，实施文化强国战略。站在新的历史时期审视过去，我想，我们的时代应当铭记那些背井离乡的“外来工”，那些为改革开放挥洒汗水的“出门人”。同时，我们的文艺作品，也不能忽略他们。十八届三中全会关于大力发展文化产业的号角再次震耳欲聋。有鉴于此，我不仅期盼多出几本《出门人》这样的好书，拍摄几部反映“出门人”生活和奋斗精神的影视剧作品，正恰逢其时。

回首已远，但历史不会也不应被遗忘。当一代“出门人”的故事，在电影银幕或电视荧屏前呈现，我能想象到，观众或感动落泪、或开怀一笑的场景。许多年以后，我们这批创业者还将在夕阳下、庭院中，向围坐在身边的孩子们讲述父辈出门在外的奋斗故事。故事中也许有你，或者你的亲友。但愿到那时，你能和我一起，把我们“出门人”共同的故事讲下去……

35年，安徽，再举“改革开放，圆中国梦”的大旗，“出门人”影视作品先行，播下思想宣传的火种，意义深远，历史铭记！

2013年11月23日

（井水清，国务院新闻办公室五洲传播中心副主任）

序三
梦想改变命运

陶诚

季节已进入仲秋，北方的天气已有几分寒意。摆在面前的《出门人》这本书却为我送来了南方的气息，那气息让我感到亲切而熟悉。这不仅因为我曾在广州工作与生活过多年，而且本书的作者及主人公张东，与我有过多年的交往，书中的有些人和事，我至今还留有印象。

这是一个年轻人的奋斗故事，但这个故事或许又不是张东一个人的经历，它同时也应该是一代打工人创业的缩影。书中几乎没有什么华丽的词藻，文笔极为普通和平实，但内容真实感人，道出了作者及相当一部分人的心声。我想，正是因为张东有过苦难的生活、贫穷的出身，才使得他后来的人生有了更多的可塑性，才使得本书有了更多的阅读价值。

伟大的改革开放，不仅是中国经济上的大变革，也是许多中国人命运的大变革。在计划经济时代，底层百姓上升的空间极为有限，学历和社会背景，是改变穷人命运的两大关键要素。但这两大要素，张东没有，数以亿计的普通百姓们也都没有。但张东有梦想，他不愿安于贫穷落后的现状。因此可以说，赶上改革开放大好时光的张东们是幸运的，他们通过自己的能力和努力，用梦想与汗水改变了命运。倒是那些安守现状、不思进取的有学历和有背景的人，被时代的潮流抛在后面。

人才市场化，是市场经济的重要特征，这意味着人才的竞争从此打破了“学历”的限制，而更加注重“学力”，注重“英雄不问出处”和“不拘一格用人才”。以往只有“体制内”、“有资历”的人才能担任的报纸主编，“体制外”的人也可以担任。这就是人才市场化的活力与魅力所在。

有梦想，就有希望，尤其是在如今这样一个开放的大时代。人生最可悲的事情，莫过于没有梦想和方向；若未经努力就事先被自卑所打败，那将是何等的遗憾啊！某种意义上，《出门人》这本书对许多人来说，或许是一部不错的励志故事。我们期待更多敢于向命运挑战的人，与张东同行，做一个“出门人”。

2012年9月26日

（陶诚，中华人民共和国文化部艺术司副司长，博士。曾任广州市文化局局长、广州市委宣传部副部长）

序四
梦想与奋斗，属于每一位年轻人

王更辉

张东是我的老同事，他曾经两进南方报业，也曾经与南方报业共渡难关。看到他的新书《出门人》出版仅两个月就已发行两万册，并且再版一万册，令我感到十分欣慰和自豪。这本书是一位传媒界弄潮儿的缩影，只有在改革开放最前沿的广东才能出现这样感人动情、敢想敢干的传奇故事。

《出门人》是一本真实记录心路历程的书，每一个字都饱含真情，每一句话都来自心间。书中有作者的痛苦与辛酸、任性和忏悔，写出人性深处的明与暗，温暖与寂寞。我们看到很多人在追求的半路上退缩了，也看到很多人在成功后沉沦了，但张东相信成绩在背后，鲜花在前方，他才一次次享受收获的喜悦。

每一位出门在外奋斗的年轻人都可以在本书中找到自己的影子，张东是其中的佼佼者，但我们也看到他心灵的伤痕。一个没有粉饰与矫情的男子汉，别人不能说的话他来说，别人不能喝的酒他来喝，别人无法承受的痛苦他来承受，别人不敢承担的责任他来担当。在一个充满假话的时代，读到这样的作品令我感动。

这是一本值得年轻的传媒人阅读的好书，现在每年都有大量优秀的大学生进入传媒业，他们绝大多数没有吃过张东这么多的苦，所以也缺乏张东这种勇往直前的闯劲。

我们从这本书可以看到张东身上有许多值得学习的精神：一是野蛮生长的勇气和韧性。张东从最底层做起，但他决不向命运低头，决不安逸于已经获得的岗位和成绩，他想做的事一定努力做成，他像一位跋涉者从一座山峰攀登上另一座山峰。

二是在困境中不断创新的精神。报业在今天遇到新媒体的冲击，报业如何转型也在考验所有经营管理者的智慧。张东是一个经营方面的怪才，他每次遇到经营困境，总是千方百计想办法，不等不靠，剑走偏锋，带领好团队，全力以赴来寻找蓝海，从而在经营上一年上一个台阶。

三是要有社会活动家的胸怀和眼光。张东从他踏上广东这片热土就明白一个道理：出门靠朋友。他广交朋友，结识了无数的社会精英，而且真诚对待每一个朋友，于是很多名人成为他生命中的贵人。

南方报业向所有有梦想的年轻人开放，有无数像张东一样的人才在这里成长，在这里奋斗。希望有更多的年轻人在困境时不要忘记坚持梦想。奋斗者的故事，属于每一位有梦想并且不懈努力的年轻人。

2013年2月18日

（王更辉，南方报业传媒集团南方日报总编辑）

序五
出门人的正能量

朱晓光

初识张东是在一次聚会上。当时，除了邀请我参加聚会的一个朋友，在场的其他人我都不认识，包括张东。但是张东的热情与健谈，使现场气氛十分活跃，让我初识新朋友时的几分局促，顿时烟消云散，取而代之的是一见如故。在后来的多次接触中，我发现张东在朋友圈中不仅具有较强的人格魅力，而且在事业上也是游刃有余。这进一步使我觉得，与东哥相识，真乃人生中的一大快事。

最近，我用一个夜晚的时间读完了东哥的自传《出门人》，阅读过程中，对这位长我四岁的兄长有了更深的了解。在这本书中，我看到了他人生所走的每一步，都留下了深刻的印记，那印记中有两个元素：一个叫艰难曲折，一个叫自强不息。掩卷后，我内心久久不能平静，对东哥的感佩又进一步地加深了。

年少的张东，因为父亲重病在身，为了减轻家庭负担，挣钱为父治病，毅然走出家门。在一无学历，二无经济基础，三无社会背景的情况下，他凭着自己的聪明才智和吃苦耐劳精神，走出了一段堪称传奇的人生轨迹，这段传奇，对天下所有的出门人来说，都堪称正能量。

在出门人张东的身上，我想到了自己的父亲。上世纪60年代，因为国家的需要，我父亲走出贵州大山，和龙永图叔叔一起来到北京，辛勤耕耘于国家对外经济交往的领域中，长达三十余年；同时，我也想到了与我朝夕相处的同事或曾经的同事，他们走出各自的家门，在各个岗位上释放着自己的才能与价值。改革开放数十年来，这一代代的“出门人”，汇聚成一股强大的力量，推动我们国家蒸蒸日上。

也许，在刚刚走出家门的时候，许多出门人的目的，只是为了养家糊口，或改变生活现状；他们之中，也有一部分人不满足于现状，将目光放得更高更远。而张东却是融合了这两种人的特点，在生存的过程中追求发展。所谓“思想有多远就能走多远”，张东作为出门人中的一分子，之所以能走得更远，就是源于他敢想敢干的魄力。

中国正处在全面深化改革的关键节点上，“走出去”作为其中的一项重要战略，可谓出门人的一个政策福音。但愿更多的出门人像张东一样，走出家门，甚至走出国门，用汗水和智慧去开创更加广阔的天地。

2015年7月15日

（朱晓光，新浪网副总编辑、新浪网新闻中心政府事务总监）

自序
笑容在泪水中绽放

能够去趟北京，在天安门广场看看升国旗，或者以人民大会堂为背景拍几张照片，大概是中国人最引以为豪的事情之一。但是，有几个人敢于想象进入人民大会堂，同党和国家领导人在一起开会？

我可不敢想。

苦难是成功的基石，笑容是泪水的花朵。安徽巢湖，一个名叫张桥的村庄，离首都会有多远？一个因为父亲病重，15岁便离开校门、四处流浪的农家少年，有可能走近党和国家领导人的身边吗？习近平、李克强、张德江、俞正声……当我手中的相机定格在这些领导人的脸上时，我的眼睛突然模糊起来——忍不住的热泪，划过脸庞。但微笑，却在泪水中绽放。我——张东，那个曾经四处流浪的农家少年，如今成了中央新闻单位的记者，出现在全国“两会”的会场上。这种身份的转换，你是否相信？

2014年3月3日清晨，我乘坐的奔驰轿车驶入天安门广场。车前的挡风玻璃上贴着一张标有“记者”字样的特别通行证。经过严格的安检后，这辆车紧贴着人民英雄纪念碑，停在了天安门广场的正中央。这一天，是全国政协十二届二次会议开幕的日子；两天后，十二届全国人大二次会议也相继在此开幕。从那时开始，连续十五天，人民大会堂成了我工作的场地，我的采访对象包括：党和国家领导人、国家各部委主要负责人、各省份主要领导人等。就在“两会”开幕那一天，我在人民大会堂里哭了，又在这里笑了。

每年的全国“两会”都备受世界瞩目，来自中外各地的新闻记者数以千计。今年，我也是其中一个。我几乎可以肯定，我是唯一的一个只有初中学习经历的记者。当雄壮的国歌奏响，当我举着相机不时地面对主席台和会场按下快门，没有人会想到，我的眼中涌动着泪

水。

1994年3月，我用在上海南汇县做泥水工赚来的275元钱作为路费，只身南下流浪到广州。1997年底，我成了广东经济快报的记者、主编，个人身家达到百万元。次年，我成立了属于自己的公司“广州出门人文化传播有限公司”……这一系列成绩的取得，我只用了三年的时间。

2011年9月，我离开广州前往北京，成为中国残联求真出版社文化活动部总监。在工作之余，我于2012年根据自己的亲身经历，写成了这本书——《出门人》。

2013年，在我的努力下，在广大读者的认可和支持下，这本书的发行量已近十万册，这次已是第六版。

2014年，由五洲传播中心“视点传播”正式立项，《出门人》准备改编拍摄成36集同名电视连续剧。

2014年3月3日，在我来到北京的第三个年头，我第一次成为中央新闻单位全国“两会”记者……这一系列成绩的取得，我也只用了三年。

北京三年，再一次验证了我当初抉择的正确性：“也许漂泊是命运的主旋律，未知的方向才是我追求的目标。这不是逃避，更不是逃离。放弃广州这片苦心经营多年的天地，需要极大的勇气，但这种放弃恰恰是在证明我梦想依旧，激情依然。我渴望在一个全新的世界里展现自己。我坚信一切都会变得更好。”

擦干激动的泪水，北京，请为我微笑！

2014年9月20日 于北京

前言

第一次走出广州火车站，是1994年3月28日，那一天广州的上空阳光灿烂，我的眼前一片黑暗。

这是我对广州的第一感受。对广州的第一印象是我眼看着中信广场开始动工挖地基，因为住在集体宿舍，偶尔只能拉着相识不久的女友去天河体育中心亲密接触。那时的天河体育中心位置应该算是很偏，人很少；那时的天河北记忆中好像还没有一栋新楼；那时人们常喝的亚洲汽水八毛钱一瓶，珠江啤酒一块二，出租车起步价六块；那时的我或许只是一个偶然，似乎是在无意中被改革开放的大潮推到了前沿，并且一不小心站在了潮头，和广州的发展同进退，和广州人民共荣辱，在见证广州发展的同时也在积极地参与。从21岁到36岁，从1994年到2009年，从增城市石滩镇一个家庭作坊式塑料小厂的工人，广州街头夜晚制造“牛皮癣”的业务员，融捷集团公司的管理人员，经济快报主编，南方都市报记者，《法制日报》广东版创始人、主编，《法制与新闻》广东工作站站长，华夏时报广东记者站站长，南方都市报公共事务部主任，广东出门人文化传播有限公司董事长……这一路走来是否可以证明我把生命中最美丽的青春和热血献给了广东——这一方原本并不属于我的热土！

一晃15年峥嵘岁月已过，在这15年里，我付出的是爱，忘却的是恨，丢弃的是成功与失败，永存的是奋斗和难以言表的艰辛历程。

我的父辈是农民，父辈也不知道多少代以上有没有出过做大官的人。在我初到广州时，发现很多新认识的朋友和同事的工作不是通过战友的介绍，就是同学的帮带，最起码的也是亲戚直接安插。但我没有这样可以帮我的关系，我只是一个地道的农民，一个连毕业证书都没拿到手的初中生。在农村，要想逃离"面朝黄土背朝天"的生活，不能够通过读书改变自己的命运，剩下的路也只有最后一条——当兵，但这对我而言也只能是一种奢望。路没了，我只能选择逃离，但我逃离的方向在哪？我能找的人是谁？

我的亲戚和同学除了种地，十有八九不是木工、瓦工，就是油漆工，他们还要指望着我。我真正能靠的人只有自己。庆幸的是每走一步都能遇到或多或少发自内心帮助我的人，他们都是我的贵人。在此我一并向他们表示感谢，感谢他们在我最艰难的时候伸出双手给予我力量，哪怕当时只是一个笑脸，也让我内心充满感激。除此之外更让我感激的是党的政策，是改革开放的春风吹绿了南国大地，是《春天的故事》的歌声激励着属于我们这一代"走进新时代"的幸运的人。我没有高学历，当然没有高层次的同学；我没有当过兵，当然没有拥有权力的首长和战友。因此，我原本是没有机会给领导当秘书，更不可能当上领导的。

但我有小平同志的南方谈话精神指引我："不管黑猫白猫，抓住老鼠就是好猫"，不管白天黑夜，只要有一线机会，我就会付出十倍的努力，就算是一次错误的开始，我也有可能在努力中达到期望的目的，这就是我——出门人张东，这就是一个有多少出门的人，就有多少奋斗的故事，并且还在不断地延续和重演，今天是我，明天——一定是你！

第一章　这比贫穷更让人觉得可怕

1989年夏天的一个清晨，太阳还没升起，我早已扶着咳血很多天的父亲坐上了去南京的长途客车。几天后，在南京鼓楼医院，一位医生面无表情地递给我几张X光片，口中平静地吐出两个字：肺癌。接过X光片，我一脸疑惑地扭头看着站在一旁的父亲，父亲微笑着向我说了一句："孩子，我们走吧。"那时的我，压根就不知道肺癌是一种怎样的病，也不知道父亲为什么要马上离开医院，但我清楚地记得，在到南京的当天晚上，在一个破旧的小旅馆里，父亲留好了回去的车费，将剩下的钱全部交给了我。而这些钱远远不够医生第一次开出的药费单。

就在那一年的暑假还没过完，我连初中毕业证书都没来得及拿，就和几个同伴去了外地打工。出发的前夜，母亲一边为我准备必备的被褥和换洗衣物，一边流泪。无论是家人还是我，没有一个人提出要我继续读书。那一年我15岁。那时的我曾多次代表乡、区、县参加过作文比赛，并且多次获奖。但就从那时起，我永远地离开了学校，离开了我多年后无论走进任何校园，都会感到心痛的地方。

我出生在安徽省巢湖市一个极其偏僻的乡村，是在两省三县交界的地方，无论去哪一个县城的距离，几乎都是一样的。那是一个传说中被称之为“皖中明珠”的鱼米之乡，但在我小时候的记忆中，只记得能吃饱一顿白米饭都是一件奢侈的事。

关于米饭，我有一件永远不能忘记的糗事。在分田到户的初期，我们村庄长期一天三顿吃的是：早餐、中餐都是稀饭就着用水煮熟的山芋，晚上才有一席干米饭，依然就着山芋。有一天放学回来，吃晚饭的时候，我看到一堆煮熟的山芋里面只有一小碗米饭，我就站在锅灶边盯着家里所有的人。我心里也知道，这碗饭应该是留给干活最重的父亲或者大哥，但我实在太想吃。当父亲无意中发现我一直没有走到饭桌前时，全家人都笑了。姐姐跑到锅灶边，一只手抱起我，另一只手端起装饭的碗，把我抱到了饭桌边。

多年以来，每当我看到身边的人有浪费的现象，我都会想起这件事，经常会批评他们。

那是儿时自认为一件很丢脸的事，但并不算丑。因为那时候的我才八岁，但现在我必须有能力，必须有能力让我的家人吃上饭，让我的父亲有钱看病，让我的哥哥有钱娶媳妇，让我的姐姐出嫁时能被婆家瞧得起。我15岁了，我应该去挣钱。

离开校门，我随同村的人去了就近的一个县城——安徽省全椒县，那里有一个规模很大的工厂——全椒县柴油机厂。那个厂当年发展的速度很快，到处建厂房、宿舍。我生活的那个地方，十里八乡的人都在那里做工，不是瓦工、木工，就是油漆工、钢筋工。15岁的我，只能给砌墙的瓦工师傅拎砂浆桶。就是那样的桶，一个也有四五十斤重，每次要拎两个。虽然初生牛犊不怕虎，但超强度的工作在几天之后就显现出对人的摧残，全身的伤痛自不必说。

在一个骄阳似火的中午，我用翻斗车去拉一车沙子，看到另外一个同伴还没来，我就在沙堆边坐了下来，想偷会懒，但坐下就仰面躺在沙堆上睡着了。那是一个太阳特别毒的正午，没有一丝风，当我被人扯醒的时候，我听到的第一句话就是："这么热的天，在这么大的太阳下，你怎么能睡着？"那是一个过路的阿姨。她在晚上的时候找到我们工地，给我送来了一个西瓜。后来，她差一点成了我的师娘。她的丈夫是全椒县运输公司的一名长途汽车司机。她回家跟她的丈夫说起了这件事，她的丈夫很有触动，想收我做徒弟，跟他学开车。

但我没有钱维持起码的学徒工时的费用，我必须要马上挣钱，因为家里需要。

在全椒打工大半年后的一天清晨，我大哥突然出现在我的面前。他用了一夜的时间，从家里出发，走了一百多里路找到了这里。他给我送来了一个消息，一个改变了我一生命运的消息——乡政府要招聘一名文化站长，县政府在全县统一招考，属于乡政府招聘干部。把这个消息通知我家里人的是乡信用社的一个信贷员张勤英，也是我们村一个比我辈分高很多的大姐。她知道我作文写得好，一定要我回来试试。那时的我也算年少轻狂，根本不知道就是这样的职位，也是多少人梦寐以求的一次机会。那时的我，竟然就真的兴冲冲地和大哥一道回去了。

没想到我从报名的第一关开始就被卡住，当时负责报名的是乡政府办公室主任张业龙，他是我的堂哥，知道了我的来意，他惋惜地告诉我："报名的日期已经截止了。"我恳求他想办法把我的名字加上去，但他表示无能为力。无奈之下，病中的父亲借钱买了两瓶沙河特曲酒（我清楚地记得每瓶17块5毛钱，那是当时我们老百姓认为最贵的酒），还有一条阿诗玛香烟，带着我赶到了县里。

现在的巢湖市于2011年经国务院批准，从地级市调整为现在的县级市，就是以前的巢县。原巢湖地区行署及相关职能机构就设在这个县城。我们在中午时分找到了父亲的堂哥张勋华家，他是巢湖地区人民银行副行长，是我们家族最大的官，但他几乎不和家族的人打交道。我后来能理解当时的他为什么那样。我父亲亲兄弟有六位，堂兄弟几十位，当时这个二伯面临最麻烦的问题就是这些整天找他帮忙的兄弟。从见到二伯到吃饭，我几乎没有听到父亲和他真正地交谈过，也没有听到谈话的声音。只听到二伯训斥二妈装饭太慢。

但就是这个二伯真正帮助了我，就是这个二伯后来还问过我："你爸和家里的人都怕我，你哪来的胆子？"

那一年，我坐在第一次见到的二伯对面，我心里清楚，他是唯一能帮我的人，我喜欢作文，我希望能凭"自己的本事"去乡政府当干部，那样我就能照顾到我的家。我非常自信地告诉二伯："你是我们家的大官，在县里也是能说上话的，如果你帮了我，考不好算我没本事，如果因为报不上名，或者我考好被人挤掉了，我一辈子都会恨你。"我清楚地记得，当时的二伯没说一句话，我也不知道他那时的心情。吃过饭后，我看到他打了一个电话。后来我才知道，那个电话是打给县里分管文教卫的副县长邱克亮。

不知道是我在二伯面前的表现促使他使用了权力，还是我确实考得好，这一次选拔我中选了。

然而最终我和家人在欢喜中等来的不是通知我上班的消息，而是我所在的这个鲁桥乡在这次撤区并乡中被撤消了，鲁桥乡被并到了临近的一个大乡——司集乡。从那一刻也就预示着我历时半年、好不容易打动了二伯出面帮助的结果，在这次大政策背景下成为一种徒劳。我第一次感受到绝望——这比贫穷更让人觉得可怕。

这个消息对于当时的我来说无疑是个晴天霹雳。然而让我无论如何都没想到的是，几乎没帮家族做过一件事的二伯竟然在邱副县长的陪同下来到了司集乡，并且事先派人通知我等候在那里。在中午吃饭的饭桌上，乡党委书记当即表态："按照县里的部署，我们正在组建的乡复合肥厂还需要一名出纳。"

在二伯的帮助下，我进了乡复合肥厂，不是出纳，而是我主动挑选的采购员一职。就是一个乡镇企业的采购员，在当地人眼里，在乡里做事，就是一名干部。因为我在乡里最繁华的街上，在一栋两层小楼里，有了一张属于自己的办公桌，在这个小楼背后的一个大院里（也是复合肥厂的成品车间兼仓库），有了一间属于自己的宿舍。我记得拿到的第一个月工资是110块钱。就是这样的一份工资，我一拿就是四年。在这四年里，就是这样一个乡镇小厂的采购员，也充分展现了一个创业者的聪明和智慧。

因为采购复合肥的原料，我需要去不同的化肥厂家，这些化肥都是农村的庄稼必须要的，我知道什么地方的价格最便宜，在为公家采购复合肥原料的同时，我也会以同样的价格多买一些不同品种的化肥。在复合肥厂工作半年之后，我就动员父亲经过大队书记的同意，在我们村头能通拖拉机的土大路旁建起了一间半面积大的简易房，也算是经营起了一个农业生产资料门市部。我生活的那个村庄是个大村，当时有五六百人，那条能通拖拉机的土大路只通到我的门市部，再往下去只有田间小路通往分散的十几个村庄。

靠着这间门市部，我根据春夏秋冬四季农民的需要，及时地供应各种农业生产资料及种子农药。由于长年病重的父亲需钱买必须维持生命的药，家里根本就没有多余的钱给我做周转资金，所以生意一直做不大，也就没有多少盈利。无奈之下，在1993年底我再次找到二伯，向他汇报了门市部的发展情况，想找他贷款十万元作为周转资金。他听完我的话，愣了，许久才问我："你现在一个月工资多少钱？你知道我拿多少钱？你现在一年能挣多少钱？"喝了一口茶，他的态度缓和下来："孩子，你不是做生意的料。做生意是要冒很大风险的。做生意是要资本的，你二伯一个月工资也就几百块钱，如果你做生意赔了，我没钱帮你。我是你二伯，我也不能告你，告你也没用。所以我不能贷款给你，再说你拿什么来贷款呢？"

听着二伯的话，我想想也是，但我又向二伯提出："如果你不能帮我贷款，能不能请您帮我跟巢湖化肥厂打个招呼，让他们赊200吨碳铵给我？"听了我的话，二伯突然笑了，我感觉他的笑很善良，似乎流露着一种自豪。他说："孩子，我佩服你的勇气，我找人帮你批20吨碳铵的条子，再给你两吨尿素。这样的事情二伯一辈子都没干过，你要有本钱，就去县生产资料公司提货（那时还是计划经济，领导批的计划内的条子和市场价格相差很大）。"我记得后来只凑够了买尿素的钱，因为尿素是农民种地的宝，只要有货马上就能变成现钱。

通过这件事，我清醒地认识到这种生意我做不下去，我必须尝试改变目前的状况。而要想彻底改变，唯一的可能就是离开这里，走出去，去找一个可以把智慧当成本钱的地方。至于去哪里，我早已想好——广州，因为村里一个同姓叔叔在广州，他原是一名铁道兵，在1984年大裁军时兵转工，成了中铁十二局的一名职工，正在承建广深铁路，他经常一个月能寄1000元回家，在我们当地传为神话。他每年回来探亲的时候，只有村庄里一些混得好的人才有资格陪他玩，因为我在化肥厂工作的身份，也算一个。在我诚心的请求下，他留给我一张写有地址的纸条，但没有电话号码。因为在广州，他工作的单位因为工程地点的不同需要经常变动。

第二章　为您看病，为您养家

1994年2月19日，农历正月初十，一个雪后初晴的凌晨，伴随着远处和近处的鸡鸣，一扇破旧的木门发出咯吱的声音被风吹开，一个瘦弱的青年肩扛手提着两个化肥口袋从屋里走了出来。随着又一阵冷风吹过，他冷不丁地打了一个寒战，将破旧的棉袄领口捏了一遍又一遍，随之用手带上那扇破门，脚下还未融化的积雪发出微弱的光，引导他一路蹒跚着走出村外。

在那一天的傍晚时分，他终于到达了近百公里外的南京，挤上了开往上海的火车。在又一个凌晨到来之际，这个青年从落后的偏远乡村第一次到达了他想象中的天堂——上海。站在上海火车站广场，因为天还没亮，接他的人还没来，他又困又乏，看着周围到处都是躺在地上的人们，他也学着把棉被铺在一个似乎干净的地方躺了下去。

那是他一辈子感到最冷的夜，也是他感到最有希望的夜，他知道代替鸡鸣狗叫的汽车喇叭在提醒着他来到了一个全新的世界，他在懵懂中觉着有一份信念在支撑着他，他觉得自己就是属于这样一个世界。正当他在美好的梦中憧憬时，突然一阵疼痛把他惊醒，刚一睁开眼就看到几个陌生的人站在他跟前，呵斥着他立刻起身，他在恍惚中看到四周原本躺着的一大群人都在惊恐着四散躲开，他自然也不例外。

这是我终身难忘的一个夜晚，每次我去上海，只要有时间我都会去上海火车站广场，站在那个我曾经睡过的地方，用心感受那一夜的寒冷和那时这座城市的陌生。我想去广州，之所以来到了上海是因为我没有去广州的路费。和四年前的全椒相比，此时上海浦东的开发正如火如荼地进行，所以吸引了一大批外来的民工。我一个远房的表叔组织了几十个村民，组建了一个小型建筑队，在上海市南汇县（现为南汇区）专门帮私人承建两三层的民房。在那个建筑队，我总共呆了27天，攒了275块钱。

为了多积攒一些路费早日去广州，我想尽了各种办法。因为我原先是化肥厂的干部，远房的表叔怕我经受不住高强度的劳动，一开始只让我做小工，拎拎砂浆桶。但这样的小工一天的工资只有11块钱，如果能抬楼板（民房的建设楼板都是用人工往上抬，用毛竹搭成的梯子通向二层或三层，一次只能有四个人抬一块楼板，重量大概500斤），一天的工钱就是13块钱。为此我和表叔争论了几次，无奈之下表叔让我参加了抬楼板的工作，于是我的工资从小工标准变成了壮工，每个工时13块。每逢有加班的机会我也会缠着表叔安排我参加。

三月的上海时常伴有突然降临的雷暴雨。在一个雷声滚滚的中午，民工们刚刚躺下，我突然听到表叔的喊声，“有谁愿意加班，上午拌好的水泥砂浆要马上浇灌到钢筋编织成的地基里。”表叔的话音未落，我早已从躺着的地板上一跃而起，冲向了工地。

在暴雨中，我和另外一个民工一次次抬起用化肥袋制成的兜子（把化肥袋撕开，用绳子扎住四个角，两个人用竹杠抬砂浆的一种兜子），将装在里面的水泥砂浆倒进地基里。突然脚下一滑，我一不小心左脚滑进了地基下的钢筋篓里，霎时一种钻心的疼痛传遍全身。我明显感觉到有一根钢筋头扎到了我脚下的某一块，慌忙甩掉肩上的竹杠，右腿蹲下的同时，将左脚抽了上来，在一阵剧痛中我看到同伴指着我的左腿一遍遍叫着“血”。我睁开因为疼痛而紧闭着的眼低头一看，左脚上刚刚被雨水冲走的鲜血又涌了出来。看着不断涌出的血，我躲进了一块雨淋不到的地方，用沾满汗水和雨水还有水泥砂浆的衣服捂住伤口，无声的泪水接住头发上滴下的雨水，一颗颗滚落在地。只是稍微休息了一小会，看到伤口不流血我就又去干活了。

也许是上天眷顾受苦的穷人，没有经过任何消炎包扎处理的伤口一直没有感染，只是现在还残留着一块清晰的疤痕。直到今天，远房的表叔都不知道，因为我不敢让他知道，怕他说我不小心，不让我加班。

20多天后我向表叔辞工离开了工地，在上海那么多天我还不知道上海是啥样。一个在市区工厂里打工的同学高飞将我带到了黄浦江畔，陪我玩了一天，但具体玩了什么我并不记得。我只记得站在黄浦江畔的马路边，我看到一个美丽的姑娘挽着一个男人的胳膊，我觉得她很幸福。因为那个男人的腰上挂着一台BP机，而且他们还拦了一辆小汽车走的。我知道那是一台出租车，坐上一次就要很多钱，所以我很崇拜那个男人，我觉得他很有本事。当时我讷讷地站在那里远望着小车消失的方向心中暗暗发誓：以后一定要买一台BP机，一定要陪着我的家人坐上一次小汽车。

自认为攒够了去广州的路费，我在上海的路边地摊上花了12块钱买了一双皮鞋（皮革的），还买了一条牛仔裤、一件夹克衫外套，总共用了40元不到。这一次来上海打工，是我多年来离家时间最长的一次。我想念爸妈，为了这份想念，我没有直接从上海赶往广州，而是先回了一趟老家。当我“衣冠楚楚”地回到了老家，兴高采烈地站到了正在地里干活的父母亲面前，一贯斯文并且身体极度虚弱的父亲竟然抬手就给了我一巴掌，我确切地记得这是父亲唯一一次打我，后来我才知道病中的父亲知道了我不辞而别后，每天逼着家里所有的人到处找我。

在他的4个孩子里，他最疼爱的人就是我，不仅是因为我在家里年纪最小，还因为他始终认为是他的病导致了我不能继续读书，他觉得很愧疚。我之所以不告诉他我去打工的消息，就是担心他知道了会不让我走，他舍不得我小小年纪出去受那样的苦。

在那一个春花烂漫的乡间小路上，一对父子像孩子般地抱在一起放声痛哭，最终还是少年老成的儿子说通了爱子心切的父亲：“爸爸，看看我这一身，牛仔裤夹克衫是广州流行的，我要去广州，我到就近的上海打工就是为了向您证明我在外面能干好，也能照顾好自己，请您放心，我有能力挣到大钱，为您看病，替您养家。”

在去广州前的一个星期时间里，我天天陪着常年有病、体弱的父亲一起下地干活，一起回家做饭，操持家务。我心里知道这一去广州，不知道什么时候才能回来，担心还能不能见到我的父亲。在那几天里，我尽可能地照顾父亲，照顾家里的每一个人，希望无论是父亲、母亲还是我的哥哥姐姐都能真切地感受到他们的儿子长大了，他们的弟弟能干活了。在自认为把家里、地里的活都干得差不多的时候，我终于放心地辞别了家人，再次辗转南京、上海。在高飞的帮助下，坐上了去广州的火车。

第三章　爱情是一件奢侈的事

1994年3月28日，我第一次走出了广州火车站，那一天广州的上空阳光灿烂，我的眼前一片黑暗，“广州，我来了。”

广州是不是我梦想开始的地方，我当时并不知道，只知道我必须要按照叔叔留给我的小纸条尽快找到他，因为我已经没有多少钱了。我很担心这张纸条的地址是错误的，我更害怕叔叔搬走。庆幸的是当年有心的我，请叔叔准确地写明了从广州火车站到广州东站只需要坐一趟272次公交车就可到达，下车后找车站的中铁十二局工地就能找到他。

直到今天，我一直感谢我自己选择了广州，和太多在广州创业的人相比，我在广州有了太多的庆幸，庆幸我几乎是一帆风顺地在广州走到了今天，包括第一次找叔叔。当叔叔一脸惊愕地看着站在眼前的我时，他诧异地说了一句话：“你真来了？”后来我才知道他们这里依然按照部队编制，不允许安排外人进来。

我的叔叔张勋文参军的时候，我还很小，我在化肥厂工作期间，也就和他见过一两次，所以和他并不是很熟。当初和他要地址，他也没有想到我真的会来，也许是很久没有回家，看到我一下子站到了他的面前，我感觉他也非常高兴，立即将我领进他在广州市林和村租住的家。正在里面做饭的婶婶看到我从天而降，非常吃惊，她对我更不熟。

虽然不熟，他们夫妻二人还是热情地接待了我，并积极帮助我寻找工作。直到后来我重新回到广州找到了工作，在接下来好几年的时间里，我一想家，都会去找他们。婶婶都会用心地做上一桌家乡口味的菜，从没有嫌弃我对他们的一次次打扰。

在我到达广州几天之后，叔叔就将我领到了增城市石滩镇中铁十二局的一个工地，希望能说服负责这一块的工长，让我打一段时间的零工，等我攒够了回家的路费就让我回去。

我清楚地记得那一个工地的工棚是我见过条件最差的：在铁路需要经过的田埂上，用石棉瓦搭成的工棚里，是用几根毛竹搭成的双层床，我在那里一住就是七天。准确地说，那七天的晚上我都是坐着，只在白天找机会悄悄地睡一会。广州的夜晚蚊子和老鼠出奇的多，在这样的环境下我根本无法入睡，一周后叔叔的爱人和同村的另外一个长辈张恒贵一起，帮我在石滩镇的一家塑料厂找到了一份工作。

那是一家刚刚成立的家庭作坊式塑料厂，说是塑料厂，实际上就是一个废品处理厂，主要工作就是将各种塑料瓶子破碎成颗粒或块状。每天会有或多或少的集装箱车，拉来一捆捆的塑料瓶，每一捆大概有一吨重，使用铁丝搭成的方块状。深夜来车的时候，需要三四个人上到车厢里将一捆捆塑料瓶翻滚到车厢口，车下的人用铲车将塑料瓶搬下。第二天我们的工作就是将这些成捆的塑料块拆开分门别类，用水洗干净，最后交给工人破碎成块状或颗粒状，作为塑料原料供应给其他厂家。

我刚进去的时候这样的工作还很少，工厂处在建厂房阶段，也就是说老板也只是把我们当作建筑工在用，和我一起工作的多是夫妻或兄弟，大多是湖南人和四川人。干活的时候男的大多穿着南方特有的沙滩裤，光着上身，一个个晒得黝黑，唯独我在任何情况下干活都会戴着草帽，穿着解放鞋、牛仔裤和黄军装上衣，戴着手套。也许是在化肥厂待过几年的原因，我一直不知道“民工”的称谓和我这个“乡政府干部”有着怎样的联系。

那段日子，我第一次感受到一种被地主压迫剥削的感觉。每天三顿都是米饭，能吃饱，但菜只有两种——大白菜和豆芽，我清楚地看到炒菜的时候几乎没放过油，二十几个人吃的菜，用一斤不到的五花肉切成碎片，放到锅里炒一下就将大白菜或者豆芽倒进去煮熟。几天后给我带来的后果就是原本大便的时候两分钟都不要，现在要在厕所待上半个小时，我知道这是身上缺水和油的原因，即便这样我依然坚持加班。因为加班，老板会在干完活后给我们每人发上一瓶亚洲汽水（现在广州市面上很少能看到亚洲汽水，但只要看到，我都会在第一时间买上两瓶，几分钟内全喝下去，那是广州最便宜的饮料）和两块老婆饼。

在这帮民工中，或许是因为我与众不同的穿着，无意中吸引了一个女孩，那是老板的亲妹妹。在工作之余，我总能够感觉到有一双眼睛在注视着我。我确切地记得和她第一次交往是在一次下班的时候她叫住了我，并将我领到她家里，当我忐忑不安地站在她哥哥面前时，他哥哥随意招呼我坐在了一个木沙发上，简单地询问了我几句关于工作上的想法后，鼓励我好好干，并且任命我为一个小组的组长。老板和我谈话的地方是他们家的客厅，也用来当作办公室，他们一家都是当地的农民，并没有正规的办公室。后来我才知道老板的妹妹经常在工地上原来是做监工的，但没想到的是，就是她在她哥哥面前说了我很多好话，才使得我当上了组长。

因为每次老板布置的任务都是由她来传达，所以我有了可以和她单独说话的机会。第一次到她家里给我留下最深印象的不是我被任命为组长，而是我发现她家客厅的茶几上放着一部电话，我想我远在全椒的女朋友，我想给她打电话。我第一次怯怯地向她提出想用她家的电话时，她非常热情地将我带了过去，当我向她表示只要有加班的机会都要有我的时候，她也毫不犹豫地答应了。

她对我的爽快让我以为她只是欣赏我的勤奋好学，但没想到当我认为攒够了足够去广州的钱向她提出辞工的时候，她非常震惊地看着我，一句话都没说就走了。看着她远去的背影我只能被迫地选择等待，因为一分钱的工资都还没发，还有我的身份证扣在他哥手里。两天后的一个下午，她突然将我叫到了一边，我才意外地知道，是她不想让我走，更让我做梦都没想到的是她竟然非常明确地告诉我，她希望我留下，因为她喜欢我。

爱情是一件奢侈的事，无论是我的出身还是我的学识，爱情在我的意识中都非常遥远，包括我当时交往的女朋友，我只是认为那是喜欢，我只是认为去找一个人能在一起踏踏实实地过日子。我清醒地认识到我是来广州挣钱的，不是来找老婆的，更不是来追求爱情的。下一站要去哪里，这才是我当时迫切需要考虑的事情。

听到她说出的喜欢，我根本就没有听懂，但我非常清楚地记得当时对她说出的一番话："小姐，你不该跟我说这句话，我现在只是一个连一顿正常饭都吃不到的打工仔，你不必和我开玩笑。"接着我毅然决然地打断她想说的话继续说道："我喜欢广州，我发现广州有很宽阔的马路，有非常高的大楼，非常多的高档汽车，我向往那里的生活，我渴望有更高的追求，有更好的生活，我坚信我适合那里，属于那里，我不相信广州那么多的路我一条都走不通。”说完这段话，我昂起了头。

直到今天我都佩服我当时说出的那番话，我不知道那个女孩后来的表情，但我清楚地记得当天晚上她哥哥就算清了我的全部工资，并把身份证还给了我。我结束了在那里的二十几天苦不堪言的生活。

第四章　那个瘦弱的青年就是我

如果说第一次来到广州是专门找我的叔叔，想通过他帮我安排一份满意的工作。但这一次走在广州的街头，我才知道有多么无助。

石滩镇的塑料小厂在我看来还不如上海南汇的工地，我怎么可能在那里继续待下去。但就是这样的一份工作，也是婶婶和张恒贵的爱人好不容易帮我找到的。因此辞工的时候，我没有和她们商量。走时，也没有向她和叔叔打招呼。我不敢告诉他们，怕他们怪我不踏实，好高骛远，异想天开。

我再次来到广州，叔叔的家是不能去了，但我又能去哪？该去找谁？我毫无目的地在大街上瞎逛，那时还没有流行《春天的故事》这首歌，还没有流行“东南西北中，发财到广东”的话。我只是因为同村的叔叔经常寄回去的那1000块钱才来到广州，而现在叔叔的现状破碎了我的梦，我该怎么办？

站在一个立交桥下，我疲惫的眼神漠然地游离在四周，猛然间发现桥底下贴着一张张不同颜色的纸（在广州称之为“牛皮癣”），那上面的“工厂急招、公司高薪诚聘”的一行行字深深地吸引了我。顺着一条招聘广告上的地址，我走进了广州市天河区天河直街96号省工委培训楼205房，这是一家职业中介公司。前台小姐看到我的到来，全然不顾我多日没有洗澡的身体发出的气味，热情地给我端来一杯水，并立即向我推荐起马上就能上班的工作。

而我后来才知道，连她们自己的工作都不是稳定的，怎么能一下子就帮得上我。在他们的介绍下，我连续五天几乎跑遍了广州的每一个角落去面试，拿到最多的答复就是等待通知。那五天的每个晚上我都是在省工委培训楼的楼道里坐到天亮。在那五天里，我一次次燃起的希望之火又很快被熄灭，一次次失望中我只能选择继续坚持下去，我期望能尽快找到一份工作，否则我会饿死，我已经没钱了，一分钱都没有了。

在我绝望的时候，是大门口一对看门的年轻夫妻帮了我。直到今天，我还会经常去看望在省工委培训楼大门口值班的那一对夫妻。我刚认识他们的时候，他们的小孩才刚出生，现在他们的儿子已经参加工作了。而他们依然还在那里，还在那一间不足十平方米的值班室里。

那几天我在大门口来回穿梭，一晚晚在楼道里熬到天亮，很早就引起了他们的注意。询问下，我向他们说明了我的现状，他们也是一个普通的打工者，当时唯一能够帮助我的就是允许我在楼道的一角坐着等到天亮。但绝不可以躺下。他们担心被别人发现，认为一个陌生的外人呆在这里会不安全。看到我连续几天找不到工作，他们试着和这栋楼里的一个阿姨说明了我的情况。这个阿姨租了省工委培训楼的204房，开了一家金顺房地产中介所。没想到，这个阿姨也早就注意到了我，听完他俩的介绍，当即爽快地答应让我去她那里做业务员，底薪300元，有业绩拿提成，晚上下班后就在办公室的桌子上睡觉，中午包吃一顿盒饭。当那对夫妻问我做不做这份工作的时候，我喜出望外。

在他俩的帮助下，我见到了我在广州的第一个老板——李姨。那是一个地道的广州人，四十多岁，她见到我的第一句话就是："洗手间里能洗澡，你去洗一下，换身衣服。"这是一个非常和蔼可亲的阿姨，她的家在天河区员村二横路，和很多城中村的农民一样，他们家的土地被快速发展的广州征用了，靠着自家建成的四层半或五层半的小楼，获取向外来工出租房屋收取的租金和村里的分红，他们可以不做任何事，都能很好地生活。闲暇之余她开起了这间小中介所并把经营它当成一种乐趣，所以她没有像一个老板一样盘问我，只是关切地教我如何做事。

就这样我真正在广州城里安顿下来，从这里开始，我创造了一个又一个在别人眼里属于我的奇迹。

省工委培训楼原先是个招待所，每一层都是客房，现在被改成办公室，所以洗手间比较大，专门装有洗澡的花洒。我的第一个同事叫李杰，海南人，也是我在这里唯一的同事。我们每天的工作就是骑着自行车到那些城中村或写字楼里寻找需要出租的房屋和办公室，在当地叫"放盘"，然后将收集来的地址、电话、房屋面积、价格等资料整理在本子上，晚上每人用买来的红纸裁成一块块，用毛笔在上面写上出租、出售住房、办公室、厂房、仓库等字样，并在显要位置写上电话号码。每晚写上100张，晚饭后将煮好的糨糊装在一个小红桶里，桶上放着一把刷子，骑着自行车在各个大街的电线杆上、立交桥下、大楼的墙上到处张贴。第二天，一个人出去找"放盘"的信息，另一个人守着电话，如有租客打来电话，守电话的人就会想办法把他约到办公室，介绍给他满意的房屋资料后，就带他去看楼，不管成不成，都要收取30到100元的带路费，如租客通过我们的介绍租下了房子，我们就收取租客一个月的房租作为报酬。

为了招揽更多的客户，在很多个深夜，在行人稀少的广州街头，一个瘦弱的青年骑着一辆破旧的自行车，悄悄地来到一栋栋大厦附近，眼瞅着四周无人，轻轻地将自行车紧贴着墙根靠着。左手拿着一张广告纸，右手提着一个沾满糨糊的毛刷，慢慢地爬上自行车，站在自行车的坐垫上。随着自行车的晃动，他快速地用毛刷在墙上涂上一层糨糊，紧接着贴上广告纸，再用手掌轻轻地抹平。确信粘紧了之后，立即跳下自行车，捡起放在地上装满糨糊的塑料桶，骑上自行车，快速地离去。不一会儿，在一个繁华的十字路口，他又借助自行车的高度，爬上一根电线杆的底座。站在底座上，他踮起脚尖，一手抱着电线杆，另一只手在沾满糨糊的电线杆上贴上又一张广告纸，然后轻轻地粘紧……

那个瘦弱的青年就是我。

李姨经营的这个房地产中介所在当时的广州刚刚兴起。随着越来越多的人们从全国各地涌入广东，仿佛在一夜之间，类似于这样的中介所如雨后春笋般出现在广州的大街小巷。经营这样一个中介所，只需要在外来人口居住较为集中的地方租上一间房子，摆上几张办公桌和一两部电话就可以开张营业，很多这样的店连营业执照都没来得及办理。

那时的广州还没有店面遍布全国的合富置业、满堂红等多家专业的房地产中介公司。形形色色的小中介所吸引客户的主要渠道就是张贴广告纸。面对这样的现象，城市管理部门也采取了相应的措施，专门定期雇人清除这些乱贴的广告。往往我们头天晚上贴上的广告纸，第二天就被同行或者政府部门雇来的人清理掉了。

针对这种现象，在经过几天的观察后，我采取了通过站在自行车上张贴广告，提高广告纸的张贴高度的方法。这样张贴的广告又显眼，保存的时间又长。我知道，无论是同行还是政府雇来清理广告的人，他们只是拿一份钱干一份活，几乎就不会有人爬上电线杆或者墙上清理广告。而我为此付出的代价不仅是比别人多出几倍张贴广告的时间，还有好几次从溜滑的自行车上重重摔下，其中一次还因为摔伤严重，躺在床上休息了好几天才能下地。

这是我在广州的第一份工作，就是这样的一份工作，对于当时的我也是来之不易。因此，我下定决心一定要干好。对于我的表现，李姨自然看在眼里。听着接连不断打进来的电话，李姨笑得合不拢嘴。为了我能够及时地和客户取得联系，李姨还专门为我印制了我生平的第一盒名片，名片上的职务是“业务主办”，还有电话号码，最重要的是BP机号码，只是这个BP机挂在老板的腰上。在这个中介所工作的日子里，我对老板提出过的唯一要求就是：每当我做成一单业务，就请求老板把BP机给我带上一天，见到每一个认识和不认识的人，我都尽量把挂有BP机的腰展现在他们面前，希望他们能够看到。

从我的老板李姨身上，我第一次感受到了广州人的包容与豁达，善良与真诚。

李姨是我的老板，但她也是一个农民，或许人到无求品自高，或许她不算真正的商人，或许她就是一个小富则安的农民。她跟我们说得最多的话就是“注意安全，能做成最好，做不成没关系，反正也不用什么本钱”。后来在和李姨的交往中，我才知道她还是一个知青。她之所以能开这个店，说明她还是一个有追求的人。所以在那段日子里我尽可能地努力工作，以回报她的知遇之恩，努力工作不仅是为了

■ 2013年中秋，我再次看望李姨

她也是为了我。因为每做成一单业务，我都会有30%的提成，我需要。因此不用李姨说，我一个月比一个月做得好，一个月后，李姨将她的BP机交给我临时使用作为奖励。BP机是“昆仑台”的，号码是98033呼33098。每当我做成一个大单，她就会带我去她家里，将我带到她的儿女面前，说起我的故事。她的儿女和她一样的善良与真诚，他们没有一点嫌弃我的表情，而是热烈地和我交流，为我夹菜。直到今天，她家的电话号码我从来没有存过，但我随手就能拨通，我们一直保持着紧密的联系，像亲人一样，每年聚上几次。

我从小生活的家乡一直让我过着食不果腹的生活，贫穷、落后的现状压迫着我的家人，使他们紧蹙的眉头难以舒展，久病的父亲更加重了家庭的负担，我自然难以幸免。从小就在父母无奈的眼神中感受了生活的艰难，美好的童年也就成了一段酸楚的记忆。然而在广州，在李姨的关怀下，就是这样一种平常的生活，虽然也很清贫，却让我暂时淡忘了无奈与压迫，享受到了一种从未有过的轻松、幸福的快乐时光，虽然只有短短的三个月。

■ 这是我在广州第一份工作的办公室兼卧室，右胳膊下的办公桌到了晚上就是我的床，身上穿的花衬衫是同事借给我的

在两个多月后的一个深夜，天刚下过雨，我骑着自行车从天河直街拐到天河立交桥下，准备去贴广告，突然发现路中间躺着一个人，不远处倒着一辆自行车，我本能的反应这人是被车撞倒的。我当即跳下自行车将糨糊放在一边，蹲到那个人身边，我闻到满身的酒气，也看到他擦破的胳膊上流出的一大片血，我晃了晃他，他只是痛苦地呻吟，我没有力气将他拖起，只能求助一个个擦肩而过的路人，请求他们和我一起将伤者送往医院，但很久都没找到一个愿意帮助的人，情急之下我将两辆自行车分隔在马路的中间，担心其他的车辆再碰撞到他。然后我一路小跑到一个电话亭边，打通了120。

再当我回到伤者身边的时候，我惊喜地发现有两个比我年纪大一点的男人站在伤者的身边，他们和我一样都是热心的路人，他们和我一起坐上了赶来的救护车，将伤者送到了白云区人民医院的急诊室。

在医生检查伤者的病情时，我刚刚坐在一边的椅子上，突然有一个人上来就给我一拳。那是闻讯赶来的伤者的弟弟，他以为是我撞倒了他哥。幸亏和我一起来的两个男人及时制止住了他。在那个急诊室里，我一只手捂着逐渐肿起的眼角，一只手接过了伤者的哥哥递过来的1000元钱，我不知道那是因为感谢还是道歉，但我清楚地记得我捂着伤肿的脸很快离去了，因为我的自行车还在马路边，虽然我知道还在那里的可能性很小。

就是那件事促成了我的第一次跳槽。直到今天，一听到“跳槽”两个字我都对李姨充满了愧疚。因为在我走后不久，她就将那间中介所关了。

之所以选择离开，是因为那一天晚上遇到的人竟然也是开中介所的，而且他们的中介所更大，有十几个人，在天河东路80号。他给我的条件是将我的底薪加到了六百并且提供宿舍，包吃三顿，有专人做饭，这个条件对于当时的我来说已经相当满意。我向李姨辞职的时候，李姨没有怪我，她只是笑着跟我说：“我给不了你这么多，没关系。”我从她的眼神中察觉到她有一丝的不快，但这并没有影响我们后来的交往。

在这个新的单位里，我有了另外一种感受，一种兄弟姐妹般的感受。我一直觉得我是幸运的，是因为在我过去的工作中，每份工作结束我都会结交一帮朋友，他们都是我的老师。我记得到天河东路80号报到的当天下午，一个年轻的姑娘将我带进了宿舍，那是位于德欣街的一套三居室，有两间房子摆了几张双层木架床。她指着一个下铺跟我说：“你就睡这里。”并将我带来的全部衣服放进了阳台上的洗衣机里。晚上在楼下的大排档里，全体员工聚餐，那是我第一次喝了五瓶珠江啤酒。就在那天晚上，我第一次知道了卡拉OK，第一次拿着麦克风唱歌。后来每做成一单业务，老板都会组织全体员工去唱一次，我记得我们去的最多的就是广天大厦“广寒宫”，那里是按照人数算，15块钱一个人，点东西另算。

那段日子，我完全生活在了另外一个世界，生活在一群充满朝气的年轻人中间，伴随着美酒和歌声，我似乎忘却了贫穷，但我清醒地知道这还不是我的生活，我开始想家，想我病中的父亲，想我体弱的母亲和我的兄弟姐妹们。我期望通过我的努力能让他们也过上像我一样的生活，但我还不能做到。因此，在一个月后我就又选择了跳槽，这一次跳槽是因为我的一个客户，他是我在广州遇到的第一个老乡，而且我们是同一个市，他叫朱庆生，广州天新科贸实业有限公司办公室主任。他通过我帮他的老板租了一套住房，他的老板就是后来著名的深圳比亚迪实业有限公司创办人、大股东吕向阳。

1994年7月底的一天，一辆红色宝马小汽车突然停在我公司的大门口，从车上走下来的人让我眼前一亮，他就是朱庆生。在半个月前我帮他在天河直街租了一套豪华公寓，为公司创收了4600元的中介费，我也从这中间获取了30%的提成。看到他的到来，公司全体员工都蜂拥而上，生怕怠慢了这个大财神，但他只是简单地跟老板说了一句：“我想请张东吃顿饭可以吗？”老板当即满口答应。

第一次在广州坐上小汽车，而且还是宝马，一种说不出的滋味让我突然想哭，我好想给家里打个电话，好想让我的家人能够看到我也能坐到宝马了。十几分钟后朱庆生竟然将我带到了我为他们租的房子里，那是我第一次见到吕向阳，第一眼看去就是个大富大贵的大款。他非常谦和地招呼我坐下，和我拉起了家常，他是朱庆生的远房老表，也是巢湖市无为县人（现在属于芜湖市管辖）。在那间房子里我第一次吃到山竹，第一次喝黄山毛峰……

吃完午饭后，宝马轿车将我拉到了区庄立交旁的先烈中路穗丰大厦7楼，那是一大间刚刚装修好的办公室，在我的见识里属于富丽堂皇。朱庆生看到我傻了的样子笑着说：“喜欢这里吗？”我连回答的勇气都没有，我无法想象这样的环境跟我会有什么关系，但他接着说出的话语把我惊呆了：“老板说了，觉得你很灵活，要是你愿意，就到这里来干，我们投资伍拾万元，注册一个正规的房地产中介公司，我是经理，吃饭有专门的阿姨做，你跟我一起住一间房，基本工资八百，另有奖金提成……”我呆在那里，很久只是问了他一句：“你是在跟我说话吗？”

第五章　我是唯一的农村人

1994年7月30日，我再一次走进了穗丰大厦，坐在了广州天新房地产中介有限公司的办公室里，当我接过一盒烫金的名片和公司配发的BP机，看着公司营业执照上伍拾万元人民币的注册资金，我想笑，更想哭，就在几个月前我还流落街头，还差一点就去捡路边别人扔下的东西吃，而现在我竟然坐在了宽敞明亮的甲级写字楼里，拥有了公司配备的BP机，有专人做饭，业务需要时，有宝马轿车坐，这是我的生活吗？

在这里，我特别强调，朱庆生是我一辈子最重要的恩人，吕向阳是我一辈子最重要的贵人。

随着这家公司的蓬勃发展，公司逐渐将重心放在了金融、房地产及工业实业上，房地产中介在两三个月后就没有再做。我也从一个业务人员变成了一个行政人员，这样一个角色的变化，可以让我接触很多很高层次的人，单立凡就是其中的一位。

因为朱庆生，我进入了融捷，因为办理融捷公司

这是我在天新公司上班一个月后，在公司所在的写字楼大堂所拍的照片

的各种工商手续，我认识了单立凡。

那是我刚进融捷的第二个月，公司又投资了一个新的公司——广东融汇文化发展有限公司。总经理吕守国要我去找一个叫单立凡的人，他当时是广东省工商局直属分局办公室副主任，是我认识的第一个当官的老乡。

走进单主任在广东省工商局的办公室，从推开房门的那一刹那，我就感到了紧张。那是我第一次走进广东的政府机关大楼，我不知道里面的人会怎样待我。坐在办公桌后面的单立凡看到推门进来的我，我发现他一直在打量着我。后来因为工作需要，我成了他办公室的常客，多少年来，我们一直保持着十分密切的联系。非常巧合的是，从2004年起我在南方都市报期间，他是广东省工商局直属分局的副局长，专门分管经检工作，南方都市报的广告经营和广告审查就归他分管。因为工作的需要，在那几年我和他需要保持密切的联系，在密切的联系中我们有了更加深厚的感情。

多少年来，只要一见到我们共同的新朋友，他都会回忆起我第一

■ 这是我在天新公司工作的办公室

次走进他办公室的样子：穿着的皮鞋不用看，听发出的声音就知道是皮革的，套着的夹克衫和牛仔裤加在一块在广东也就值二十几块钱，这样的人走进我办公室的时候，我还以为是个要饭的……那是我用做泥水小工的钱在上海买的，是我当时最好的一身行头。从进入直属分局工作，单立凡一直负责经检工作，每天都和企业打交道，打击企业的假冒伪劣行为，包括服装、皮鞋。

后来我的发展，使得单立凡时常向别人讲起我的过去。我们也成了最好的老乡和朋友。

我在融捷公司整整工作了三年。这三年里，我从一个毛头小伙子俨然成长为一个大公司的资深管理人员。耳濡目染了老板的一言一行，深切领悟了老板的高贵品质及英明决策，并深入掌握了如何更好地做人做事、管理经营企业。没有朱庆生，就没有这三年的学习机会，没有吕向阳，就没有我今天的更快成长，还有吕守国（上海融捷房地产投资发展有限公司董事长）、张辉斌（现任广州融捷投资管理集团有限公司副总裁）、吴经胜（现任深圳比亚迪实业有限公司高级

■2013年9月，我再次拜会广东省商标协会秘书长单立凡

副总裁），他们都是在商界叱咤风云多年的人物。我很荣幸成为他们首批在广州起步发展的同事。

在融捷公司工作的三年里，包括为我们做饭的王大姐，公司的第一批同事都是清一色的老乡，大多数是吕向阳的亲戚。我和他们在一起亲如兄弟般生活。那三年我们非常和谐、安逸，同在一套房子里住，同吃一口锅里做的饭。在那批人里我年龄最小，所以也受到了更多的关照和保护，在此我要深深地向他们表示感谢，感谢他们的知遇和栽培之恩，感谢他们的照顾与关怀之情。

和我家中长年有病的父亲，一日三餐都难以维持的生活相比，我犹如进入了天堂。我没想到会有这样的生活：每月准时发放工资（我的工资因为企业的高速发展，和同行业相比是比较高的，这样的工资收入比当时大多数的中国人都高）、每天定时开饭、每天同时来去上班的同事，而且几乎都是熟悉的老乡、兄长。我似乎已经习惯了这样的生活，但是家里发来一封又一封家书，每封信都在清醒地敲打着我回到现实：父亲的病又重了，家里没有春耕的种子钱、化肥钱……

在我们这批同事中，我是唯一的一个农村人，他们大多是从银行或者机关下海，家里的每个人基本上都是拿国家工资的，而我的家庭只是靠着天和地吃饭。和我家庭的需要相比，靠我一个人的工资根本扭转不了经济窘迫的局面，在融捷的头两年我的月工资基本上都固定在1200元，我家里每月一定能够收到的汇款至少是1180元，这样的数字也是我的期望，我希望我能早一点发财——为了家人。有时候一个月我都不会花掉一分钱，这也得益于我的同事和兄长，他们知道我家庭的状况，只要是花钱的时候，从不让我出钱。多少个白天和黑夜，我都在冥思苦想，如何使得我的家庭能够脱离贫困，如何能让我的哥哥姐姐和我一样

■ 从天新公司调到融捷集团总部，我的脸上似乎已经看不到贫穷留下的印迹，一帮同事也是老乡经常在周末一起出去玩

■ 这是1996年2月的照片，背后是正在建设中的中信广场，1994年我刚到广州的时候，中信广场正在挖地基

有工资拿，如何能让我的爸爸有钱买药看病。

我想到了离开，想到了离开融捷，想到了离开朝夕相处了几年的兄弟姐妹。虽然我有诸多的舍不得，但我必须如此。我有责任改变家庭的现状，但日复一日的事务性工作似乎没有创造性、挑战性，没有价值的工作自然也难以提高我的工资待遇，却在一点点地消磨我的斗志，一点点地增加我的惰性，使得我逐渐远离了梦想，放弃了追求。我越来越迫切地领会到我不能再这样继续下去！我必须放弃这种安逸的生活，去寻找新的机会！

初到广州的大半年里，准确地说我已经换了四份工作，这对于当时大多数的中国人来说是件令人难以置信的事，但在广州却属于家常便饭。在融捷工作了三年，这样的工作时间，对于很多南下打工的人来说，却又是并不多见的，之所以能够工作这么久，是因为我当时每个月都会寄回家的汇款，在一定程度上能够缓解因长期有病的父亲需要买药看病对家庭增加的经济压力。就是这份工资，也承载了全家人的诸多希望，并且给他们带去了很多欢乐和幸福。

第六章　父亲在了，这个家还是完整的

1995年春节来临前，我在广州市白马服装批发市场，为家里的每一个人买了一件呢大衣，这在当时非常流行。带回去的东西里还有几十听罐装的饮料，包括健力宝、可口可乐等，单这一项东西就重达几十斤。这事后来被我的同事知道了，他们都笑我老土，因为这样的饮料安徽的城市里也有，而我却带着它们一路辗转了几千里。我只是想带给我的家人尝尝，这是当时还不是很普及的电视里播放的饮料，这些饮料在来广州前我看都没看过。

就是这样一件被同事认为“很可笑”的事情，在那个春节给我的家人争了很大的光。春节里到我家来的很多客人都尝到了这些饮料，都在用羡慕的眼光看着我的父母。虽然一罐饮料招待了好几个客人，每个客人只是用碗喝上一点，但很多人也是一辈子第一次喝到。

1995年的春节前夕，我经过艰难跋涉回到了老家，我永远不会忘记我回家乘坐的那趟火车：广州—南京的212次直达快车。车还没到南京的时候，整列火车的玻璃几乎全被打碎了，那时一天只有一趟往南京方向的火车。在广州火车站我就是被同事从打碎玻璃的车窗塞进车厢的，从进到车厢里到下车接近50个小时的时间里，我几乎就没有移动过位置，几乎没喝一口水，行李架上稍有空隙的地方都钻进了人。每次列车停靠车站都是一场“肉搏战”，车内车外都伴随着一阵又一阵妇女儿童的哭声、呼喊声。每次火车离开站台，都有挤不上车的同伴，他们很多都是一起返乡的亲人或朋友，站台上丢弃了一大堆旅客们无力抢回的行李。每次火车的启动都伴随着一块又一块车窗玻璃被砸碎的“乓乓”声，那是根本挤不上车的大批旅客愤怒的抗议和无奈之下的行为。我也有没挤上车的同事，但是他们竟然把我不该带的几十罐饮料（好几十斤重）也塞进了车厢。

在一个深夜，我驮着沉重的行李一路踉踉跄跄移到了家，靠在了我家那扇破旧的木门上，我用手指无力地敲打着。没想到的是敲门的手指还没有第二次落下，门竟然开了，我本能地往前一冲，原以为会摔倒在地，但立即感受到的不是冰冷的土地，而是母亲温暖的怀抱。抬眼一看，哥哥姐姐已经全部站在门口，身上的衣服整齐地穿着。

直到今天每次想到那样的场面，我都有一种忍不住的泪水想流出的感觉。在我快要摔倒的那一刹那，全家人早已等候在屋门的里边，在木门被我敲响第一声时，母亲抢先拉开了门闩，我自然摔倒在了母亲的怀中。看到我极度疲劳的狼狈样，首先是大姐哭出了声，随即爆发在全部人的口中。那一阵大哭是属于全家人的，那一阵大哭是幸福的宣泄，他们的儿子回来了，他们的兄弟回来了，也就是全家人的希望回来了。

在这一阵大哭里缺少了一个人，那是我的父亲。之所以是我的父亲，是因为他有着比常人更坚韧的毅力，长年病痛让他的身体变得更加软弱，但却让他的意志更加坚强。他在给我的信中曾经说过："孩子，你在外要安心，虽然病痛在侵蚀着我的身体，但也使得我的意志更加坚强，请你相信，我一定会好好活下去，因为父亲在了，这个家还是完整的。"

一阵酣畅淋漓的大哭之后，全家人都逐渐恢复了平静，此时的我一扭头才看到坐在桌子边的父亲，我清楚地记得他再一次地用手在脸上擦了一下，随即端给了我一碗水，只说了一句话"渴了吧"，那一碗水是甜的，放了糖。

那是我第一次从广州打工回家，也是我离家最长的一次，因为家里没有电话，我只是在信中告诉了他们我放假的时间，他们根据我信中的时间计算着我到家的日期。从那一刻开始，全家人就不约而同地选择了等待，等待比预定的时间晚到了两天的我，那两天没有一个人睡觉，除了干活就是守候在那扇破旧的木门口。

回到家里的第一个清晨，我在睡梦中隐约地感到脸上一阵又一阵的热流，一睁开眼竟然是母亲那张灿烂的笑脸，正伏着身子面对着我，在我睁开眼的同时几滴泪珠又滴到了我的脸上，看到我醒来，母亲立即放下一遍遍抹着眼泪的手，随即又慌乱地将我的大衣拿了过来，把我扶起，将衣服披在了我的身上，让我坐着，接着她将一块手巾铺在被头。早已站在一边的姐姐将一碗冒着热气的鸡汤递了过来。听到说话的声音，哥哥和二姐也都围了过来，看着我吃，这时我才知道，母亲早就坐在了我的床头，鸡汤已经热了好几遍，哥哥姐姐们已经小心翼翼地在房门口守望了很久。在朦胧的泪水中，我再一次想冲着他们笑，但泪水又一次地夺眶而出，一滴滴落在了我接过来的鸡汤里。

我们家总共六口人，一个哥哥，两个姐姐，我在家里最小，读完初中的哥哥一毕业就去了很远的蚌埠做瓦工，那时的交通很不发达，外出打工的人很少，每年只在过年时回来。他很老实，平常话不多，脑子不是十分灵活。据母亲说在哥哥很小的时候，有一次从床上摔到地下，头先落的地，所以后来哥哥老是说的一句话就是“我从小把头摔坏了，所以脑子不好使，但是我有一个聪明能干的弟弟”！两个姐姐在读完小学后，都自然成为了一个真正的农民下地干活。因为年龄太小又是女孩，在重体力活下的农村，一开始只能帮助父母打杂，于是面对长年病重的父亲，我主动接过了承担维护家庭的重任。

那一年春节在安徽巢湖那个偏僻的乡村，因为我的回来感染了整个村庄的人，我随身佩戴的BP机也成了村里最宝贵的一件“玩具”，虽然BP机因为没有信号几乎变成了电子表，也是村民眼中的稀罕物。因为这台BP机，我也自然成了村里茶前饭后热烈谈论的对象，每个听我说过广州故事的村民，都会将这个故事变成向他人炫耀的资本。这个小小的村庄因为我的回来而增添了几分比往年更加热闹的气氛，而我家中的每个人挺起的腰杆比往年更直，脸上的笑容更加灿烂。

几天后，当我离开村庄的时候，我感受到了更多同伴的念念不舍和深深期待，更多的感受是他们表达了一种更加渴望改变现状的心情，他们对我说过最多的话就是“张东，能带我们去吗？”我无语。我是在公司里上班，我也没想到能进那样的公司，显然那样的环境原本也不是属于我待的。看着同伴们脸上的失望，我唯有愧疚但更多的是无奈，我知道他们无法想象我现在的生活。他们的祖辈都是农民，像我当初期待的一样，我去广州也只是想找一个正规的工厂，能够定时上下班，能够有星期天。在一个农民的眼里，做工人、进工厂那是他们能想到的，但他们从未听过“公司”这两个字，更不能想象到我在“公司”的工作和生活。在我走后，有些同伴甚至把曾经对我的崇拜变成抱怨和责备，他们想象中的我只是在工厂，我能进工厂做工，他们也能。所以后来很多在东莞、南海工厂打工的同乡回来说到他们工作的地方也是广州的时候，我只能苦笑，因为曾经崇拜我的同伴跟他们有了更好的感情，他们能够把其中的某些人带去“广州”。虽然期间也有一部分人忍受不了那里的苦中途回来，但他们依然在村里延续了我的“神话”，因为他们每年临走的时候，都能带走几个和我曾经一样充满着对外乡无限向往的年轻人。只是他们在工厂里受的苦，家人难以想象得到。

第七章 “死人要死，活人要活”

1995年6月的一天，我在广州接到了家里发来的一份电报：“父病危，速回”。记得当时递给我电报的是公司的办公室主任吴经武，他是吴经胜的亲哥哥，当时吴经胜刚到公司来，是公司的会计。看完电报后，我很平静地坐在办公台前的转椅上，一句话没说，因为我知道这一天早晚会到来的，我并不感到意外。几分钟后，我平静地走到吴经武身边，把电报递给了他。第二天我离开了广州，临走前我哭了，哭的原因并不是为了我病危的父亲，而是我的领导、我的同事、我的战友。在晚上吃饭的时候，刚一坐上桌子，张辉斌、吴经武等一大帮领导、同事在我面前放下了或多或少的一叠叠钱，其中还有老板委托吴主任转交过来的，我清楚地记得当时吴主任对我说的话：“老板说了，不用请假，什么时候回来你自己定，回家期间，工资照发。”

7月，原本是阳光灿烂的日子，但在回去的途中，我是一脸的悲伤，我的父亲就要走了，我的这个原本完整的家就要变得残缺了，而且这一缺就会是很大的一块！在此前的每年大年三十，我们都要上坟，给逝去的人烧纸，很多次我都在庆幸我的家是完整的，但是今年呢？

在惶恐中，我一路辗转，三天后回到了家，一路上我最大的担心就是我还没到家父亲就没有了。当我忐忑不安地闯进家门，意外地发现躺在床上的父亲竟然能够非常快速地坐了起来，眼睛炯炯有神地看着我，那笑容出奇地灿烂，紧接着他下了床。这时候我才发现，父亲瘦得几乎只剩下一把骨头，门外稍微吹过来的一阵小风，我都担心会把他吹倒。此时母亲吃惊的声音传了过来，不是冲着突然到家的我，而是对着父亲："你能起来了？"

记得那年我是6月30日到的家，7月10号踏上了返回广州的路途。在家的十天里，我们家延续了春节时的幸福与欢乐，没有一次泪水和悲伤，其间有一件让我至今不能理解但却非常真实的事。回家前我专门找同事借了一部相机，是期望能为家人拍一张全家福，事实也让我如愿了，因为我们全家人在一起拍了一张完整的照片，同时还拍了很多包括我和父亲的合影。但奇怪的是那一次有关父亲的相片竟然一张都没有，我不知道是什么原因，当然我也不相信什么鬼神，但这的确成了我这辈子最大的一个谜。

那十天里，父亲竟然还为我们做过几顿饭，更多的时候，父亲和我一起回顾了我童年的几件趣事，当时我就明白那是父亲对我的临终教导。他跟我说起了我在小学的一次吵架。

在小学三年级的时候我是班长，因为邻村的一个同学经常欺负另外一个同学，有一次正好被我撞到，我帮着那个被欺负的同学狠狠地揍了一下他，并且把他的鼻子打出了血。晚上他的家人领着他找到我家，父亲捡起家里仅有的几个鸡蛋赔着笑脸送给了他们。他们走后，父亲当时没有批评我，只是先问了我一个问题："孩子，你为什么打他？"我理直气壮地回答："他坏，老是欺负同学。"听完这话父亲继续说："你见过精神病吗？"我说："见过。"因为在我们这个偏僻的乡里，有一个比较出名的精神病院，而且还有很多大地方的人将病人送到这里，所以我自然见过。听完我这次的回答，父亲还是平静地问我："如果是精神病人打你一拳，你该怎么办？"我毫不犹豫地回答："我当然打他呀！"听到我这样的回答，一直一脸祥和的父亲突然变得严肃起来："精神病人打你是因为他有病，他无法控制，他并不知道他在做什么，那你呢？你打精神病人是不是比精神病人还要有病？同样，你知道这个同学很坏，是因为他打了人，那你用同样的方法对付他，你是不是比他还坏？"

关于父亲，在十里八乡的人眼里，他是个读书人，是个有文化的人。在他初中毕业的那年，他信心满满地渴望成为那一带第一个高中生，但是公社的一个通知改变了他的命运。那个时候的农村奇缺教师，公社通知他到一个中心小学去教书，那是一道不可违抗的命令。父亲只能选择服从，虽然在离校前夜，他写下了一首诗"宁愿扫厕所，不愿当教员……"我无法理解父亲当年的叛逆，但我能体会父亲渴望读书的心情，因为我曾经也有，因为我曾经也被迫毫无选择地离开学校。

时间一天天地在流逝，我越来越觉得父亲的病情好像缓和了许多，我想回去，回到广州，回到我的同事、兄弟、朋友那里。他们给了我那么多的钱，既然家里没有事了，我就应该回去。父亲好像看出了端倪。在一次晚饭后，他郑重地向我提出"你回去吧"。我心里承认我是想回去，但真的面对这个话题，我又于心不忍，父亲毕竟还在病中，病中的父亲又怎能舍得他最心疼的、最引以为豪的小儿子离开，但随即父亲说出的话让我不得不回。父亲看着一脸为难的我，一脸庄严地说道："孩子，没事，你回吧，千万不要因为我的病拖了你的后腿，影响了你的工作，这样不好，我死人要死，你们活人还要活啊。"

我冥冥中有种感觉，这是父亲对我最后的教导，但我又侥幸地认为这个春节回来还能见到父亲，还能吃到父亲为我做的饭。

1995年7月16日，我依稀记得那是一个周末，因为惦记着病重的父亲，我拨通了二姐家的电话（二姐夫是中学老师，住在镇上的学校里，为了和我联系方便，二姐咬牙花了5000块钱在她家里装了一部电话），但一直到深夜都无人接听。我确切地记得，我一边打着电话一边流泪，心中满是愧意和自责，脑海里一遍遍浮现起我和父亲的点点滴滴。我清醒地意识到：父亲没了。

那一年父亲逝去时才55岁。

就在7月16日的凌晨，连续在我父亲床前守了几夜的四伯（我父亲兄弟六个，他在家里排行老五，另外还有一个姐姐）叫醒了刚刚躺下的母亲，用几乎听不到的声音说："老五，走了。"

父亲走时，我没在他身边，这是我终身的遗憾，也是父亲最后的心愿（但我知道这并不是父亲真正的心里话）。在我最后一次离开父亲回到广州，父亲就一遍遍地跟家人强调："不管我哪一天'走'，都不要东子回来，不要影响他……"

父亲走后的两年，随着我工资的增加，家里长年欠下的债务慢慢还清了，母亲的身体也逐渐好了起来，哥哥姐姐们都大了，也能挣钱了，虽然挣不了多少，但没有了天天等钱看病的父亲，家里的经济状况也慢慢好转起来。从某种意义上说，父亲的离去在经济上对我们这

■ 这是我父亲张勋贵留在人世的唯一一张照片。他在世的那个年代和他所处的环境，能够拍张照片都是一件挺不容易的事。为了找这张照片，我给姐姐打电话，在电话中我想说："能不能找到爸爸的相片？"说到"爸爸"两个字的时候，我连续说了多次，都没有清晰地说准"爸爸"两个字。我不知道是很久没有称呼这两个字的原因，还是我对"爸爸"这两个字有着本能的怯意。"爸爸"这两个字离我已经很远，远到我知道这两个字，但已经说不出口的地步

个家也是一种解脱。农村人害不起病，这很现实，现实到让父亲为了我选择了“死人要死，活人要活”。我感激父亲，不仅是因为他生了我，更是因为他的教导让我适应了更加现实的社会生活。

父亲离去两年后，在我和全家人的共同努力下，我们家还清了全部的陈年旧账，我也不用每月一拿到工资就急忙跑向邮局寄钱。在这种情况下，我再次选择了跳槽。

第八章　在我看到了最美好的希望时

1997年8月1日，在我离开融捷公司的第二天，我拿着一张《羊城晚报》走到了广州大道中289号，走进位于南方日报副楼九楼的经济快报社。这家报社在羊城晚报刊登了招聘记者的广告。坐在经济快报总编辑曹小鸿的面前，听到他问出了第一个问题：“你做过记者吗？”

在融捷公司三年的工作，我作为一名行政人员，面试过很多人，所以这样的场合我非常熟悉，因此我能够平静地回答：“能做记者是我的梦想，我承认我没做过，但我相信在您从事记者行业前，您也没有做过，但您现在不是都做到总编辑了吗？如果因为您给了我一次机会，让我在某一天成为像您一样优秀的新闻工作者，那么这个成绩的取得不仅仅是我的骄傲，更是您的骄傲。因为是您给了我机会，才有可能让我拥有这样的未来。”

在曹总的办公室里，我只和他聊了十分钟，当时他的办公室只有一张大班台，那是他的办公桌。但第二天，他办公室一进门的地方，就多了一张小办公台，那是我用的。第三天，报社办公室主任柯焯将印好的名片放到了我的办公桌上。上面清晰地印着“张东　总编辑助理　记者”。

面对这张名片，我没有了第一次走进天新公司时的恍惚，没有了不真实。在融捷公司的三年工作经历，让我积累了太多可以平静面对一切的能力。也许是我的经历和表现出的大气吸引了曹总，使得他给我定的职位是“总编辑助理”，这至少是部门主任的位置。

《经济快报》是广东省经济改革体制委员会主办的一份报纸，每周二、四、六出版，每期八版，当时的发行量不足5000份。由于经费严重不足，报纸经常停刊，员工也长时间拿不到工资，人才流失严重，人心涣散。此次招聘，也是停刊了好几个月后的一次复刊，这在无意中给我创造了一次“乱世出英雄”的机会。

初进报社，我虚心地请教着报社里的每个“老人”，但没有一个人搭理我，无奈之下，我只有一次次请教曹总。他也是来这里不久，踌躇满志，所以我俩一拍即合，只要我有什么想法，他都鼓励我大胆地去做。

当时我的女朋友在广东福田公司做前台营业员，这是一家当时国内知名的“传销”公司，专门销售“爽安康摇摆器”，在1998年4月国家禁止传销后被取缔。但在当时国内的业务发展异常惊人，我在融捷公司的时候，福田公司和我们同一栋楼，而且办公室面对面。每天来自全国的很多人竟然是用麻袋装着现金来提货，大多数人一看都是地道的农民，很多人的手里拿着当时还很奢侈的摩托罗拉和爱立信手机，身上穿着西装，口中重复着最多的就是“你是最棒的”和“分享”的话。

我没有做过传销，但从传销一进入中国，我就接触到了最初做传销的人，特别曾经因为一个女孩，还让我专门发表了一篇标题为《感谢传销》的文章：

平心而论，我在广州近四年的工作、生活中，因为传销，给了我精神上极大的鼓舞、工作上极大的帮助。因为传销，唤起了我曾一度如梦远去的理想和追求，树立了我的执著态度和自信心。

我生长在安徽巢湖一个偏僻的乡村。因为父母都是农民，所以在我最后一次离开校门，唯一能面对的便只有沿着父辈走过的道路继续前进。然而我不甘心农村生活的过于真实和平淡，离开校门我便开始远离家乡四处流浪。每当走进又一座城市的繁华和美丽，发现我曾经用心付出过的地方，总有一种感觉在提醒我：我只能够付出，不可以享受，因为你只不过是一个“民工”。

1994年10月，我来到广州几个月后的一天下午，一个已经记不得姓名的女孩，热情地邀请我去听课。在艺星宾馆16楼，我第一次受到了来自香港乃至澳洲人的热情欢迎，第一次被一种整体的真情所感动。那是一场安利公司的产品说明会，是一群执著追求、真诚付出的安利人在向我介绍传销。

此后，我随着那位小姐先后去了广安大厦等地听课，参加了安利工厂的开业、天河体育中心安利发货中心的成立仪式。

有一天晚上，我和几位同事在宿舍打扑克，接到了那位小姐打来的电话：“我就在你楼下等你”。很勉强地下楼，我听见了天空响起一阵紧似一阵的雷声，同时闪电四起。我们刚走了几步，倾盆大雨直泻而下。她迅速从提包里取出雨伞，强硬地为我撑起，还未走出我住的天河村，又停电了。四周好黑，闪电好亮，我好害怕。可身边的她好像什么事都没有发生。雨下了一个多小时，我们在屋檐下站了一个多小时。终于赶到体育东路一个家庭聚会，几十个先到的人冲着我们热情鼓掌时，我分明发现稍稍转了一下身的她，淋湿的衣服上多了几滴水珠落地，我不知道那是汗水还是泪水？

通过传销，我知道了一个真正的传销商所必须具有的无私奉献、积极乐观、向上、不懈努力的精神，感受到一个经销商的艰辛与曲折。通过传销，我认识了各行各业不同身份、不同层次的人，他们一样热情地待我，使我在最短的时间内，接触、了解和掌握了我无法接触的知识和事情，给我以后的发展提供了诸多方便。做传销首先讲究的是心态归零，不管你以前怎样，是什么身份，在传销场合是事业伙伴，是经销商，是一个目标一致、方向明确的团体。通过传销，我找回了曾一度如梦一样远去的理想和追求，消除了我多年凝结的自卑，找回了自信。在传销方面，因为各种原因我没有真正参与其中，但每一位做传销的朋友带给我太多用多少钱都买不到的知识、心态和做人的道理。几年来，也因为传销，使我真正拥有了广州的繁华和美丽，在广州建立了自己的事业实体。面对今天的成功，我从心里深深地感谢传销。

这篇文章发表在1997年10月23日出版的《经济快报》上，直到今天，我都经常记起这个女孩，希望能够找到她。

1997年9月的一天，有一次我接女朋友下班时，在福田公司营业大厅碰到了公司的董事长助理李总，他随意地问了一下我："你不在对面工作了吗？"因为是我女朋友的领导，又是在上班时间，所以我有点紧

■ 这是广东福田公司的营业大厅，为了创办《传销透视》栏目，我经常出入这样的地方进行调研

张，抓紧将包里的名片取出一张，双手递给他。当他接过名片，随眼瞄了一下名片的同时，原本准备加快速度迈出的脚步突然停了下来，随即很认真地问我："你是来干什么的？"说完这话，他似乎觉得不妥，跟着补充了一句："来了多久了？去我办公室坐坐，喝点茶？"

那是我第一次真正体会到了记者在人们心目中的分量，那是李总第一次在我面前竟然也表现出了紧张。当时的传销市场非常混乱，也非常火爆，国家针对传销这一新生事物正在制定一系列的管理措施，但还没有一个最终的定义。李总意外的表现，使我明显地感到这里面有戏。在此后的几天里，我拿出了一份策划方案交给了曹总，向曹总建议在我们的报纸上开辟一个专栏，并用至少一个专版的面积，争取每周出版一期，专版的名字定为《传销透视》。

1997年10月9日，经过近一个月的前期准备工作，《传销透视》专版在《经济快报》正式出版面世，第一次整版报道的企业是"广东新海得实业有限公司”。在版式上，我将“传销透视”四个字设计在专版报头的中间，下面写有“本版策划、主编张东”；左边是一段主编寄语：“为了及时传递国家有关规范管理传销市场的政策法规，及时报道、透视传销动态，传播传销知识，监督和揭露不正当的传销行为，引导传销业健康发展，使之在市场经济建设中发挥积极的作用，应读者要求，我报将不定期开辟《传销透视》专版，欢迎各界人士积极参与，来电、来稿”；右边写了几个宣传语：“透视传销动态，匡正非法行为，指导网络运作，树立行业形象”；这几句宣传语下面还专门写着“本版特设对非法传销投诉电话020—87374667”。

在当时的广州，报纸并不十分强势，《广州日报》几乎独霸天下。《南方都市报》也只是刚刚准备改版为日报，从某种意义上说，并不比《经济快报》的影响力大多少，特别是这一期报纸应企业的需

■ 这是刊登在1997年10月9日《经济快报》上的照片，也是我的照片第一次刊登在报纸上

要加印了五万份，其影响力的增强不言而喻。新海得公司将报纸放在前台作为公司资料，以每张报纸一块钱的价格卖给了公司的经销商，经销商用刊登公司内容的报纸可以更权威地向别人介绍他们的公司。这期报纸只是套红的版面，但仅仅几天就卖得精光。

几天后新海得公司再次找到了我，竟然向我提出了把这个版面用彩版再做一次的要求，并且要求加印十万份，广告费另算。当我将这个消息告诉总编辑曹小鸿的时候，他原本是坐着的，听完我说出的数字后，他“噌”地一下从椅子上跳了起来，瞪大眼睛看着我。后来他充满深情地告诉我，这是他第一次在经济快报见到的奇迹。

■ 这张照片1997年12月30日摄于深圳，那年我25岁。是广东经济快报主编、总编特别助理。那年元旦来临的前夜，我坐在深圳洲际酒店宴会厅的最前排，和全好康公司董事长张世忠以及1000多名员工共同观看新年晚会。当时的我租住在广州冼村的一个单间房里，就在那间单间房仅有的一张单人床的下面，堆放了一大堆现金，实际数字近百万元。

而距此仅仅三年，我还是上海南汇一处工地上的泥水工。为了筹集来广州的路费，在一个午后的暴雨中加班，不小心脚滑进了钢筋笼里，一根钢筋扎进了脚脖子，再深一点就会扯断脚筋导致瘫痪，至今留有伤疤

ECONOMIC EXPRESS

经济快报

宇力之星 熠熠生辉

■ 这是广东宇力公司和经济快报合办的征文活动颁奖晚会现场

因为我的存在，这样的奇迹被一次次刷新，然而就是这样的成绩也没能改变《经济快报》灭亡的命运。

当时主管我们报纸的广东省经济体制改革委员会办公室崔主任，第一次知道了我创造的奇迹后，专门代表上级赶到报社向我表示祝贺，并明确告诉我经济快报从没向他申请过用车，报社也没有车，但只要我需要，他随时调派。

1997年12月28日下午的深圳洲际酒店，随着一首欢快的迎宾曲奏响，深圳全好康保健品有限公司董事长张世忠先生代表一千多名现场员工，热情而隆重地欢迎我参加公司“告别97”新年贺岁联欢会，并

ECONOMIC EXPRESS　经济快报　1997年12月30日　星期二

协力一致　目标完成

一切为了人的健康

CHUAN XIAO TOU SHI

传销透视

透视传销动态　匡正非法行为

指导网络运作　树立行业形象

努力　成功　辉煌

——走进全好康

ECONOMIC EXPRESS　经济快报　1997年12月30日　星期二

《经济快报》主编张乐、记者张玲向全国的经销商问好！

祝大家新年快乐、心想事成！

YING XIAO TOU SHI

营销透视

透视营销动态　匡正非法行为

指导网络运作　树立行业形象

加盟连锁　迈向辉煌

共创美好人生

■ 这是1997年12月30日，刊登在最后一期《经济快报》上的《传销透视》和《营销透视》专版陪同我在前排特设的主席台前就座。在晚会现场，张世忠董事长针对此次晚会和年终总结的宣传计划和我签订了本期报纸加印20万份的合同，并于当晚预付了十万元现金作为定金。

1997年12月29日中午，当我坐着崔主任派给我的一台面包车从深圳雄心勃勃、踌躇满志地赶回到报社准备排版时，发现报社大门已紧锁，里面空无一人，曹总的电话也打不通。我连忙给崔主任打电话，直到此时我才得知，经济快报已经被羊城晚报收购了，何时复刊那是羊城晚报以后决定的事情了，经济快报现有人员自行解散并且已经人去楼空。《经济快报》从1998年1月1日起停刊，复刊后更名为现在的《新快报》。

面对突然降临的现状我难以置信，包里还装着深圳全好康保健品公司交来的十万元定金。我该怎么办？

在这件事情上，我发自内心地感谢崔主任，在我一再的恳求下，他给南方日报印刷厂打了电话，说明《经济快报》的最后一期正常出版。报纸小样由我交与印刷厂。当我向印刷厂陈厂长求证了可以印刷的消息后，我长长舒了一口气。又在崔主任的帮助下，我最后一次进入了经济快报的大门，发现编辑部的设备还在，通过私人关系，我请回来一个编辑，和我一起编辑完成四个版的小样，交给了印刷厂。

1997年12月30日上午，我将刚刚印刷好的《经济快报》装上深圳全好康保健品有限公司派来的车上，并跟随他们的车再次来到了深圳，因为还有十万元的印刷和广告款要收。那一天晚上在深圳的阳光酒店，在全好康公司的庆功宴上，我激情满怀地向他们表示祝贺，向他们表示祝福。

在深夜时分我和他们告辞后立即赶到了深圳的春风路上，这里有广州的出租车在此等待回头客，价格便宜。在等车的过程中，我拿起了刚买的爱立信398型手提电话拨通了二姐家的号码。我依稀记得那时的春风路还很黑，我听到二姐那熟悉而又遥远的声音，我哽咽了。

二姐在迷迷糊糊中反复问着“你怎么了？”我答非所问。一阵凉风吹来，几颗冰凉的泪珠滴到了我的手上，我终于哭出了声。我问二姐：“你知道我在哪吗？”但我问完就接着说道：“我在深圳，在深圳的春风路上，我在这里等车回广州，这里的出租车便宜，一个人50块钱，如果专门打车要三百多，我舍不得。除此之外也没有其他的车。”

这时候的二姐醒了，我感觉到了她的担心，但我随后的话更让她完全清醒并且更加担心。我紧接着告诉她：“姐，你知道我手里的包里面装着什么吗？钱！十万块钱！”我感觉电话中的二姐傻了，因为我也傻了，一个农民的孩子，一个才有初中文凭的农村孩子，在那样一家早就准备关门的报社里，仅仅在两个多月的时间里竟然一个人创办了《传销透视》专版、《营销透视》专版，竟然连续采访了十几家公司，编辑出版了二十几个专版，组织了两场千人以上的大型晚会：一个在广州的蓓蕾剧院，一个在深圳的洲际酒店。因为这样的专版应企业要求总共加印的报纸份数达到了200万份，增加的印刷和广告费接近100万元。这在当时的广州，当时的报界、广告界也许都是一个奇迹，更重要的是这是一个怎样的人创造的奇迹。在那个深夜我手里拎着十万块钱，刚刚离开了金碧辉煌的五星级酒店阳光酒店，那是当时深圳最高档的酒店，就在三天前我还以一个报社领导的身份被上千人簇拥着端坐在主席台前，而此时又一阵冷风吹过，我才真正清醒地意识到我失业了。

报社没了，这不是我的错，但没有了报社就说明我失业了——在没有任何解释也没有任何前兆的情况下。在我踌躇满志准备在来年大干一番的情况下，在我几天前还和安利（中国）日用品有限公司公关部主任陈艳玲初步达成了来年深度合作意向的情况下。只是在一夜之间，报社真的没了——在我看到了最美好的希望时，在我还来不及有意识去接受这一现实时。

多年后的今天我来到北京，看到《京华时报》和《新京报》在一夜之间从人民日报和光明日报主办主管变成了北京市委宣传部主办主管时，我才深刻领悟到当时主管我们的省体改委为什么没有向我们及时通知的良苦用心。

第九章　回家过年，家里的房子烧了

在1998年的黎明还没有到来之前，我已经回到了广州市天河区黄埔大道中冼村那间不足十平方米的家，厨房和厕所是三个单间的住户公用，这一片是当时广州稍微偏僻的城中村，离我当时工作的经济快报社只有四站公交车的距离，离开融捷公司后我就搬到了这里，每月租金600元。梦中被开门惊醒的女友在迷迷糊糊中接过我塞过来的皮包，还没放下就发现我已酣然入睡，这一睡就是一天一夜。

在又一天的清晨我被喧闹的人群惊醒时，发现身边的女友早已上班，连忙从床上蹦起，准备赶往报社，随即又瘫坐在床，我猛然记起报社早已关门了。环顾着狭小而又拥挤的房间，抚摸着我坐的这张床，我感慨万千。过去的四个月里，就是在这间房里，在这张床上，每天晚上我深怕影响辛劳一天的女友，看着她侧身躺在床的里边，我小心地将放在床外边的台灯头又往下压，灯罩几乎挨着铺在床板上的纸。坐在用书本堆成的“凳子”上，我趴在床沿开始整理白天在一家家公司搜集来的材料，根据每个企业的需要，写成一篇篇专题稿。墙角边堆积的一叠广告认刊书是我熬夜的万金油，每当在我疲劳的时候看到它就又会精神抖擞地写下去。很多时候，我歉意地看着消瘦的女友，因为我整夜的工作难免影响到她的休息，我向她打趣说道：“别看我每天写的鸟语，印成报纸交给企业，就有钱香，整个就是‘鸟语钱香’。”

坐在床头，我突然感觉到原本嘈杂的四周出奇的宁静，打开屋门，小心聆听着左邻右舍，最终确认没有一人，这是上班时间，村庄里已十分空荡，难怪如此宁静。而我从没在这个时刻在家里呆过。扫了一眼女友精心准备好的早餐，我没有一点食欲。掀起床头，一叠叠现金赫然在目。从《传销透视》专版的开版直到此时，我没日没夜地忙碌，是为了一张张宣传广告认刊书上的承诺。原本只是一个尝试，没想到一发不可收拾。三个月来，我根本就没有数过一次带回家的钱，三个月前，我从没有在银行存过一次钱。以前我和我的家人只是想着能托人从银行贷到钱，好给我病重的父亲抓药治病。我没有存钱的习惯，因为从没有多余的钱需要存。每次从报社拿完提成款，就把钱用提包装回家，放在床下。那时我收企业的一个专版从两万到三万不等，根据和报社的协议，每个版我只需要上交三千。当然还需要支付一些必要的开支。

当我将一叠叠钞票平放在地板上数完后，我大吃一惊：五十多万元，我不是做生意的，不是昨天卖了一块地，次日就从一个穷光蛋变成一个千万富翁的暴发户，这样的现象在当时的广州随时可以发生。我只是一个才入行四个月的、连记者证都没见过的小记者。为了报社的生存，在所有同事早已在寻找新工作的时候，我全身心地投入到新闻采访和广告开发中去，一不小心就赚了那么多钱，那是一点一点赚来的，是没日没夜仅凭一个初中生的学习经历，竟然为那么多的企业写了那么多的文字，换来了这么多的钱。那是1997年底挣的五十多万元，这笔钱在当时无论是在北京、上海还是广州，都完全可以买得上一套现在可称之为豪宅的房子。而四个月前，就是在融捷公司，我每月拿的工资也没超过两千元，就是那样的工资在当时的中国也是不低的。

看着这堆钱，我拨通了二姐家的电话，让她抓紧要妈妈和大哥赶来广州搬东西。二姐问是什么东西，我只告诉她说："是29英寸的创维彩电。"说完这句话，我明显感觉到电话那头的二姐蹦了起来，欣喜若狂。我无法想象，如果我让她知道了我让家人过来，是为了将钱拿回家她又会是怎样的表现?

在上一年的春节，我带着女友回家，村里一个在东莞打工的女孩带回来一台VCD，就像当年我腰上的BP机一样，成了村里的宝，而且这个宝还能播放广东都在流行的电影，那一年的春节，母亲明显的有些失落。我知道她是个争强好胜的人，她自然也想有一台。她认为她的儿子是最优秀的，所以无论在哪一方面，她都会认为她的儿子能走在别人的前面。在母亲的眼里，儿子就是天，就是有着天大的本事。在那一年返回广州的路上，我下定决心，来年一定要买上一台。

几天后，母亲和哥哥风尘仆仆地赶到广州，并且带来了麻包和化肥袋，准备用来装带回家的东西。农村人没有用包的习惯，也买不起包。

母亲这是第二次来广州。

1995年8月，我一直沉浸在父亲去世、安葬时我没在他身边的自责之中，情绪极度低落，时不时地蹲在一边流泪。一天下午，董事长吕向阳将我叫进了他的办公室，安慰了我几句之后，他让我通知我的母亲来广州。他已经帮我母亲联系好了一份工作，是去一个银行行长

■ 1995年8月，母亲来广州做保姆时，星期天我陪她去南湖游乐园散心

的家里做保姆，那个行长的母亲摔伤了腿，需要一个人照顾。母亲每周可以休息一天，这样我们母子也好有个照应。

对于很多人而言，保姆是下等人干的，但我的母亲因为我为她安排的这份工作而更加为她的儿子感到自豪，每一天她都在幸福中度过，因为这份工作，她能经常见到她心爱的儿子，有时候还能跟着儿子出去玩，这样的工作和生活让她心满意足。

在那个银行行长家里，母亲整整做了一年的保姆。那一年也是母亲生活得最轻松、最幸福的一年。我感谢董事长吕向阳的用心良苦，

■ 2006年国庆，我专门陪同已经66岁的母亲和大姐张萍在安徽绩溪胡氏宗祠

■ 2014年9月，已经74岁高龄的母亲，在上海西郊宾馆

哪怕只是一个普通员工，他也看在眼里，记在心上，尽可能地去关心他们。

母亲一到广州，我先没有告诉母亲关于钱的事情，只是带着她去了一家连锁经营公司，根据广告协议，那家公司为我准备了三台创维29英寸彩电，十台VCD，五台消毒碗柜以及热水器和饮水机，还有微波炉等一批家用电器。在我们春节回家时，这家公司同时将这批东西托运上了我们搭乘的这趟火车。

离开那家公司，当母亲确信那些东西我都将带回家时，我发现她的眼睛一直发着奇异的光。回到我租住的冼村，在冼村菜市场的路口，她在一家家用电器店前停留了下来，紧盯着一只高压锅。我很诧异地问她："你认识这个东西吗？"她不好意思地转身想走又没走，反过来问我："你有钱吗？这个东西炖东西很烂，三伯家有一个。"听她说到这句话，我明白了：三伯的儿子在部队当兵，后来考上了军校，成了军官，回家探亲时买了一个，因为我三伯的牙齿不好。看到她如此喜爱的样子，我暗暗发笑，特别自豪地向老板说了一声："拿个最好的。"听我说完，妈妈竟然又说，"你从小是大姐带大的"。我一愣，但随即明白。我知道，可怜天下父母心。聪明的母亲通过我在那家公司的表现就已经察觉到我肯定挣了钱，而且还不少。当然她做梦也不会想到会是那么多。既然妈妈说到了大姐，我自然就想到二姐，一个都不能少。最终，在那家家用电器店，我们买了三个高压锅，三个煤气灶，差一点就买了三个煤气瓶。为了和妈妈逗乐，我跟她说："是您要买这么多东西，您捧着，我可带不走。"妈妈自豪地说："你买得再多，我都能带，不用你插手搬。"

在那天晚上，母亲一把抱着刚进家门的我，放声大哭。我好不容易挣开她的胳膊，抬眼看到掀开的床垫下堆着的现金，我恍然大悟，这是母亲一辈子第一次见过的最多的钱。不要说一个农村妇女，就是当时的中国，也没有太多的人一下子见过，而且母亲知道，这笔钱是自己的。所以母亲看到我回来，她哭了。我问她有了这么多钱了还为什么哭？她说，“我也不知道，就是想哭。”

母亲那天哭的原因还有另外一个。

那天下午，她是因为和哥哥一起帮我打扫卫生，无意中发现了那堆钱。同时还有哥哥从我的床头捡起的一个练习本，上面清楚地记载着我哪一天挣了多少钱、花了多少钱，还有我给自己制定的每一天的生活标准——和女友一起每天买菜的钱不得超过5块钱。练习本上密密麻麻记着买得最多的菜就是大白菜、萝卜和土豆、豆腐。隔一两天买的肉，从未超过一斤。母亲从那一刻已经知道我赚了那么多钱，但对自己还是那样刻薄，作为一个母亲，她心疼。

那一年春节，广州东站刚刚开通了直达安徽蚌埠东的火车，这列火车的开通，极大地缩短了车程，从50个小时变成了比较正点的30个小时。

1998年农历十二月二十六日，我和女朋友一起陪同妈妈和哥哥登上了广州东开往蚌埠东的列车，带上火车的行李包括妈妈购置的全部电器，更重要的是在用化肥口袋装着的三个高压锅里装进了20万元现金，这是因为我们舍不得付通过邮局邮寄的费用。除此之外，我并不知道还有没有其他更便宜的方法将这笔钱带回家。更让人感到可笑的是，当时的我虽然拥有了这么多钱，我们一行四人竟然还是买了火车的硬座，按道理说，哪怕是为了这笔钱的安全，哪怕是为了照顾母亲，至少也应该买上一张卧铺。就算全部买卧铺又能花掉多少钱呢！但那时的我并不是完全舍不得花这笔钱，而是我还不懂得有“卧铺”，那时我还没听过这个名词，所以根本没有那种消费意识。将钱带回家交给父母，是在外打工的农村孩子长期养成的习惯，只是这次数额太大，母亲只带走了20万元。

我们一家人坐在晃荡的车厢里，每个人眼睛都像注入了兴奋剂一样盯着车厢的行李架，直到列车抵达我们的目的地——合肥站。同车抵达的还有那家公司帮我们托运的电视机、VCD等家用电器。

这一趟我们可谓是满载而归，通过车站的行李提取处工作人员的介绍，我们租了一辆小型面包车。带回来的电器将面包车装得满满当当，哥哥坐在面包车上押货，我和女友陪着妈妈坐上了来接我的同学耿兴奎开来的桑塔纳轿车。两辆车浩浩荡荡地向家的方向疾驰。

而直到此时，我们并不知道一场灾难已经悄然降临到我们身上，只知道此时的合肥在几天的大雨之后飘起了雪花，久违的雪花在我的眼前四处飘散，宛如我一路洒下的思乡之情。

我和妈妈乘坐的小车不知道在何时和哥哥押着的面包车分开了，在离家最近的苏湾镇我们停了下来，那也是我二姐夫教书的地方。正当我们在担心和焦虑中等待着哥哥，担心着老实巴交的哥哥会将电饭锅里的秘密透漏给司机，担心司机会图谋不轨时，事实证明我们的这个担心是多余的，另外一个不好的消息随着飘舞的雪花来到了我的面前。

就在大哥押着的那辆车到达的前几分钟，早在路边等待的二姐一脸紧张地将我拉到了一边，告诉了我一个本该对农村人而言是晴天霹雳的消息："东子，你一定别着急！"说完她就泣不成声，我一脸疑惑，紧逼着问："怎么了？怎么了？""我们家的房子烧了，东西都没了！""房子？"重复完这两个字，我就傻了。

从小到大，我们一家人住的房子一直都是茅草土墙搭建成的，支撑房顶的只不过是几根弯曲不齐的木头棍子，我从童年到少年一直住在那里。1988年还没有意识到有病的父亲和勤劳的母亲，在当时吃不饱饭的情况下东借西凑加上从牙缝里省下了一笔钱，竟然建起了四间红砖墙黑瓦顶的大瓦房。房子建成后一直没有粉刷，冬天刮风下雨的时候还透风透雨，但那也是父母的骄傲，那也是解决了他们的一块心病。哥哥大了，没有一间像样的房子想娶媳妇那是痴心妄想。虽然直到父亲逝去，那座房子还是母亲为哥哥娶亲的希望。

在母亲和哥哥去广州期间，大姐带着孩子回娘家帮着看门。因为连续多天下雨，用炭火在桌子下面烘烤婴儿的尿布时，一不小心将尿布烧着，火势蔓延到桌子上、木床上乃至整个屋顶。当背着孩子从邻居家串门回来的大姐，看着自家房子上冲天的火光，她连喊救火的声音都还没发出，就连着背上的孩子一起瘫倒在泥地上。

对于正常的中国农民来说，这样的遭遇不亚于灭顶之灾。但当我听到二姐说到连着四间瓦房边的厨房，因为太矮，又是土墙，竟然没有被烧毁时，我笑了，二姐愣了。我很快伸出双手扶起二姐，一边将她拉向妈妈身边，一边向她轻松地吐出两个字“烧发”。面对我和二姐异样的举动，母亲一边焦急地等待大哥押着的那辆车，一边疑惑地盯着我。恰在这时车到了，我提高声音，故作豪气地冲着母亲问：“妈，车上装着什么？”妈妈满意地笑了，我又问了一句，妈妈很奇怪，问我要干吗。我又跟妈妈说：“车上装的是钱！可以盖好几栋小楼，过了这个年我们就盖，这是爸爸做梦都想着的一件事。”母亲笑了，她知道我大了，需要房子结婚，她当时脑海里想着我结婚的婚房也应该由她来建，而且还是在农村。

但我接下来的话让妈妈脸上的笑凝结了，这一次我没再让妈妈说话，我一直在说，我不能让妈妈有思考的时间：“大姐烘烤尿布把房子全烧了，不过厨房还在，比咱们家以前的三间草房小不了多少，能住下。房子烧了好，‘烧发’，‘烧发’，烧了就发，破财消灾，儿子今年太旺，就像咱们家烧着的房子一样，那是好兆头，您说是不是？”

还没等妈妈反应过来，我们乘坐的车辆已经开到了村头，远远地看到在我曾经建起的农资门市部前，好像有一个人冲着我们来的方向不断地磕头，那竟然是我的姐姐，是用背把我背大的姐姐。我心疼而又愤怒地跳下车，扑到泥地将我亲爱的姐姐一把抱起来，大声斥责：“这算什么？至于吗？你来看。”一转身我才发现母亲也已走到了我们身后，脸上不知道是雨水还是泪水。她一把抢过被我抱起的姐姐，拍打着她的后背，同样大声斥责：“你干吗？你干吗？”在母亲的斥责声中，从头到脚全是泥水的姐姐似乎愣住了，把娘家的房子烧了，把父母的希望烧了，那是全家的“罪人”啊，弟弟和妈妈好像没有责怪的意思，哥哥和妹妹竟然在笑。

就是在那样的环境下，我们一家人更加团结幸福地过了一个祥和的春节。那个春节大姐夫就着没有倒塌的砖墙搭起了两座简易的棚子，村民们送来了床和被褥，我和女友接待着一批批前来表示关心的乡亲，而我知道他们到我家来的更多原因，是我带回来的29英寸彩电、VCD以及一大批碟片。那个春节人们谈论的并不是我家的火灾，我家的凄凉，而是我家的辉煌。29英寸彩电在全国当时很多地级市的市民家里都很难看到，更不用说在那样偏僻的乡村。更重要的是有人在帮我们装卸行李的时候，看到母亲在收拾钱，那个数字在村民的口中不断扩大，并且是那个春节里村民们争论最多的话题。

那年春节还没开始，母亲就开始实施她一生中最宏伟的蓝图，这幅蓝图就是由她亲自规划和指挥建造她和父亲梦想中的小楼。

第十章 情人节那天，我成了南方报人

回到广州，我见到的第一个人就是南方日报记者项仙君，我去给他拜年。关于他，在此前还有两段值得一提的故事。

在经济快报期间，我曾经去过他的办公室，想请他帮我在《南方日报》上发表一篇新闻稿。那篇文章我已经在《经济快报》上发表过，只是《经济快报》的影响力太小。当他简单地扫了几眼我递过来的稿件后，很久没有跟我说话，等到他忙完，示意我和他一起离开办公室的时候才随意和我说了几句："就你现在的水平，要想写好一篇文章，起码还得要学几年。"他是暨南大学新闻系的研究生，我的老乡。毕业后被分配到南方日报社。

时隔不久，我依然还在经济快报的时候，突然接到他从办公室打来的电话，问我在哪。这一次他见到我时说的第一句话就是，"不是我不明白，是这个世界变化快。"

由于他当时住的房子就在南方日报招待所的五楼，我的办公室在九楼，所以我们经常见面。1997年12月29日，我从深圳回到广州，因为进不了报社的门，我装有十万块钱定金的包就临时放在了他家里，直到第二天才取回。那天晚上他只有几岁的孩子无意中拉开了我的包。面对那堆钱，面对我在很短的时间里所做的一切，他发出了那样的内心感受。

因为其他的原因，我已经很多年没有和他联系了，但在我心中，我一直记着他，一直对他心存感激。

1998年的春节，我在他家拜年时，他关切地问到我下一步的打算，并随即将我带到了程益中家里。程益中当时和他住在同一层楼，他们都是安徽省安庆市人。此时《南方都市报》刚刚扩大为日报，身为南方都市报的副主编、主要创始人之一，程益中看着我在地板上铺开的一张张《经济快报》，上面有我编辑撰写的整版整版的专题，当时就表示欢迎我去南方都市报工作。

1998年2月14日，我当时并不懂得那是西方的情人节，就是那一天我接到了程益中打来的电话，通知我下周一去报到，我确切地记得那是一个周六。1998年2月16日，我成为南方报人，成为南方都市报的一名记者。

《南方都市报》是中共广东省委机关报《南方日报》主办的都市类子报，当时的办公地址在南方日报主楼的16楼（在17楼办公的是全国闻名的《南方周末》）。那时我们的记者、编辑和管理层加在一起也只有二十几人，那一批人中有程益中、喻华峰、庄慎之、陈朝华、任天阳、夏逸陶、崔向红、杨冰、谢有顺、龚晓跃、宋繁银、李多钰……他们现在大多数成了活跃在新闻界、文化界、娱乐界、广告界的领军人物。

我在《南方都市报》采写刊登的第一篇新闻稿就是《外来工子弟学校需规范》。

那是我去《南方都市报》采访部报到后的第二天，一大早我从嘈杂脏乱的冼村小巷走上大街，就发现迎面一长串的小车依次转了进来，这是我第一次用一个记者的眼光在判断这种现象的背后肯定有新闻。这是我当时的采访部主任任天阳教会我的："作为一名记者要多观察周围发生的事，要多用心去挖掘新闻线索。"

紧追在车队的后面，我发现车队全部开进了向阳小学的操场，这是一个民办小学，在当时还属于一种新的办学模式，还不被政府及相关部门认可。广州市政协专门组织相关人员过来现场调研，带队的竟然是我当时的顶头上司——分管南方都市报的南方日报社委李民英的爱人卢玉武，她是广州市政协委员、科教文卫组主任。

那时报社所有的记者写稿都是用笔，当天晚上我将写好的稿件交给了值班主任夏逸陶。看到我走向她的办公桌，她很热情地接过我递过来的稿件同时让我坐下，然后很耐心地看了起来。在看的过程中，她仔细地向我询问了一些现场情况，然后就让我走了。那是我辗转反侧难以入眠的一夜。

虽然当时的《南方都市报》还不是十分出名，但它也是南方日报主办的，也是省委机关报的一部分。我一个初中毕业的农民，写的东西能刊登在那上面吗？而且还是以"记者"的身份，我几乎认为这是一件根本不可能发生的事情。

天还没亮，我就蹲坐在冼村口的一个报刊亭前，一直到上午九点多。看到好不容易等来的报纸堆在了报刊亭上，我忐忑不安地走上前，颤抖着手拿过一份，但只是翻开第一页，在第三版的上面我看到了："本报讯　记者张东"。当我再往下看的时候，整篇稿件除了作者的名字是我、除了是我采访的那回事之外，从标题到文章都不是我写的。感激、内疚、着急充斥着我脑海中的每一个细胞。耳边回荡起了项仙君曾经跟我说过的话“你不适合做记者”，我清醒地意识到我确实不是一个合格的记者——至少当时不是。

直到今天想到这样的场景我都依然想笑，依然感到自豪，我的内心依然充满着对夏逸陶的无限感激。

回到那个杂乱拥挤而此时觉得异常空旷的单间房里，我一遍遍用原稿对比着夏逸陶编辑处理过的新闻稿，我在极力思索着夏逸陶为什么能够这样改，为什么用这样的词、这样的句……好不容易熬到了晚上交稿的时间，我走到了夏逸陶的身边，艰难地说出“谢谢”两个字后，不知所措地站在她的面前。夏逸陶依然热情地看着我，轻声地安慰我，认真地教我如何写好这篇稿，如何把握新闻点。

这样的事情和现象，我第一次在南方都市报半年多的工作时间里很多次发生。在夏逸陶的精心指导下，单单4月份我就在《南方都市报》头版发表了多篇新闻稿。在这里，我向夏逸陶老师表示深深的谢意和敬意！

1998年2月28日，我接到了南方都市报总经理喻华峰的电话。从我进入报社的第一天他就多次找过我，建议我去他管理的广告部，并且准备让我担任他的总经理助理。这是因为他通过程益中得知我在经济快报那一段经历。

喻总让我立刻做好准备，报社组织了一个采访小组派专车跟随去广东省韶关市。报社准备创办一个《城市周刊》的栏目，通过和韶关市委宣传部的沟通，决定从这座城市开始。周刊的工作范围并不仅仅是新闻采访，还包括政府公关、广告组织，因此这个采访小组派出了采访部的我，专刊部的吴明（本名为化名），还有广告部的兰芬（本名为化名）。

一直以来我在广州随时都保持着高度的紧迫感，都处在紧张的工作状态中。但这一次，因为兰芬，我将一次正常的出差变成了一段浪漫的“蜜月”之旅。

第十一章　一篇报道，数人获刑

1998年3月1日午饭后，一辆红色福特商务车驶出了南方都市报的大门，连司机在内我们一行四人踏上了征途。同行的三个人我都是第一次见。车辆刚一驶出报社大门，我就接到了一个报料电话。位于广州市机场路三元里大道的兴发广场，一群上当受骗的市民在围攻一家超市，情况非常危急。接到报料，我毫不犹豫地要求司机将车开到了现场，在混乱中我挤到了人群中间，采访到了主要受害者。了解到这家超市通过办理会员制的方式，吸引了大批市民缴纳了大量会费，但前不久商家突然销声匿迹。

据多名在现场的当事人介绍，被骗走的会费和供货商的货款加在一起接近300万元，如果不能及时解决，很多供货商将面临破产甚至家破人亡。看着原本嘈杂的人群因为我的到来逐渐安静下来，面对他们一双双焦灼的眼神中流露出对我的一份信任与期盼，我深感作为一名记者责任重大。面对此景此情，我必须

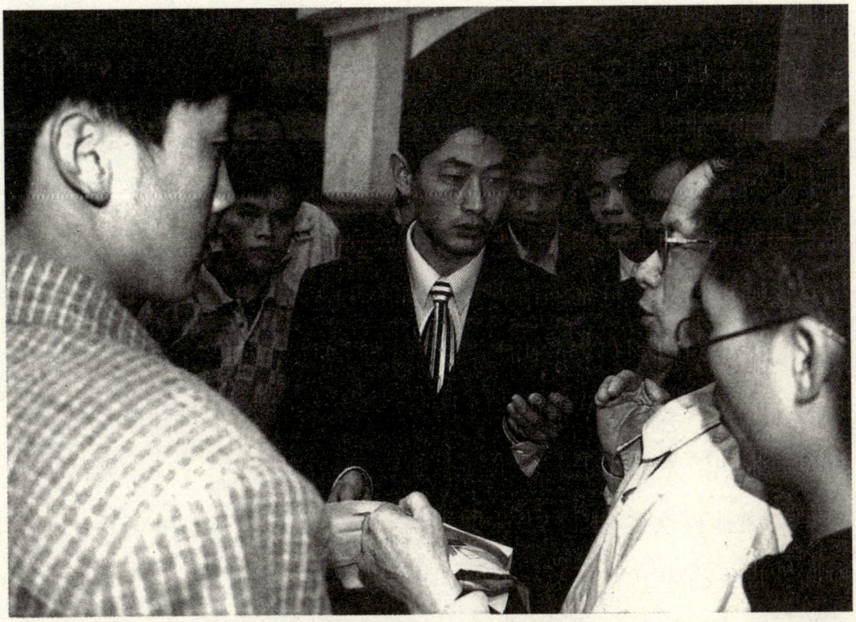

■ 在兴发广场的采访现场，兰芬为我拍摄的照片

挺身而出，但也要在晚上前赶到韶关，情急之下我叫来了羊城晚报跑突发新闻线的记者符桂新。在他赶到后我们简单交流了一下，我才离开了事发现场。

第二天，《南方都市报》、《羊城晚报》同时报道了此事，我的名字也以南方都市报记者的名义第一次和符桂新一起刊登在了《羊城晚报》上。因为我的报道，诈取市民血汗钱的商家负责人最终获刑。在没有任何商量的情况下我叫兰芬帮我拍摄了几张重要的现场照片。

我们乘坐的车辆继续行驶在赶往韶关的路上，因为长时间举相机，兰芬似乎是累了，上车不久就将座椅往后放下，沉沉睡去。而我还沉浸在现场采访的氛围中，在构思着新闻稿。在车辆接近粤北山区韶关界时，我突然感到了一丝寒意。和广州相比，韶关的温度要低很多，而且那时天空飘着细碎的小雨。我无意中发现兰芬用手裹紧了一下衣服，我意识到她可能感到有点冷，于是我毫不犹豫地脱下身上的西装外套轻轻披在了她身上。一阵剧烈的颠簸，将兰芬从梦中惊醒，起身后的她发现身上的衣服，扭头看了一眼坐在后面的我，没有说话，只是冲我笑了一下的同时将衣服递还给了我，我同样不好意思地笑了笑，也没说话。

经过三个多小时的行驶，我们的车辆驶进了韶关市迎宾馆，那也是市委市政府所在地。早已站在宾馆门口恭候多时的韶关市委市政府新闻科长黄云武热情地走上前来帮我们打开车门，刚打开门，一阵寒风袭来，我清楚地发现穿着连衣裙的兰芬冷不丁地打了一个寒战，我毫不犹豫地再次脱下衣服披在她的背上。她依然只是扭头看了我一眼，走在我前面下了车。

三月的韶关，春寒料峭、乍暖还寒，地道的韶关人黄云武有着山民的粗犷与豪放，更有着惊人的酒量。在相关部门人员的轮番劝说下，我喝下了一杯又一杯酒。我知道此次韶关之行，我们不仅是来采访，更是来求人、求财的，而酒场就是我们的谈判桌，酒品就是我们的通行证，酒量就是我和他们可能建立起来的交情深度。两杯酒下肚，我和同桌的人都认可了吴明的酒量不是很多，司机跟兰芬当然不能喝，剩下的也就只能是我。凭着我在融捷三年的经历，陪着老板见识并参与了无数的酒场，我毫无怯色地将酒杯再次端起。在觥筹交错中我无意间发现，我每次放下的杯子都会引起兰芬的注意，她都会看我一眼，我明显地感觉到她眼神中流露出的关切。那一晚我倒下了，只不过我这么多年养成了一个最好的习惯，无论当场喝了多少酒，我都会时时提醒自己不能说错话，不能有过分的行为，因为我不能错，更错不起。我坚持着在客房的门口和黄科长握手告别，我清楚地记得松开手的时候，黄科长紧紧地拥抱了我一下并大声地说了一句“够哥们”！

根据韶关市委宣传部及市委新闻科的计划，第二天早餐后，我们乘坐的车辆又出发了，只是这次的车上多了两个人，黄科长和韶关铁路局的李处长一起陪同我们赶往韶关市最北边的一个县级市南雄市，这个市与江西省大余县相距仅有三十多公里。和从广州来的时候相比，虽然我们都是同事，因为初次见面，还因为通往韶关的路当年大多是山路，非常颠簸，我们一路几乎没有任何交流。但这一次，因为昨晚的一场酒战，我和他们成了兄弟，在前面一辆南雄市委派来的小车引领下，我们轻松地在车里聊着各种奇闻趣事。在聊天中黄科长告诉我们，因南雄市当天有重大活动，晚上政府招待所的住房非常紧张，所以不仅不能像昨晚一样一人一间，而且今晚就是两人一间住房都有可能紧张。听到这里，我冲着也参与聊天的兰芬说：“没事，我们现在六个人，因为兰芬是女的，我们需要四间房，但是如果兰芬同意我和她住，那么我们只需要三间，这也是替政府排忧解难，你看怎么样？”原本我以为会受到兰芬的一顿嗔骂，但当时兰芬只是沉默了一下，就继续说着其他的话。

在南雄市委招待所我们延续着昨晚的酒会，在酒桌上有人将我对兰芬说的话拿出来打趣，趁着酒劲我还冲着坐在对面的兰芬补充了一句，“要是你不反对，就不要锁门。”酒会结束后，我们各自回到了房间。原本和我同住的是李处长，他的老家就在这个市下辖的一个乡镇，好像只有20里路，吃饭的时候他就向市里要了一台车，一散场他就走了。坐在空旷的房间，我百无聊赖，就随性溜出了宾馆的大门。南雄是一个偏远的山城，晚上九点多街上的行人就异常稀少，再加上宾馆的对面就是一座烈士陵园，陵园建立在半山坡上，这样显得更加冷清和寂寥。转了一圈我感觉到了一丝凉意，就走了回来。

在路过兰芬住的房间时，我随手拉了一下房门，门，竟然开了。里面没有开灯，我以为没人正要将门带上的时候，里面的灯亮了一下，随即又灭了。一股热血涌遍全身，我必须承认兰芬是个漂亮的浙江女孩，这是我从来南雄的路上才知道。必须强调的是直到那时除了已经跟了我几年的女友，我在广州没有对任何其他女性产生过一丝妄想。但那天在我远离了长期奔忙的广州，在这座一个人都不认识的小城，我感觉到没有任何约束，我感觉到兰芬对我的眼神让我有些恍惚。我轻轻地走进房间，反手慢慢地将门关上。

从我关上房门那一刻起，标志着我和兰芬短暂而又苦涩的爱情故事拉开了序幕。这段爱情原本是浪漫与激情的，但是在我固有的现实思想逼迫下，我很快毅然决然地选择了逃离，这种逃离对兰芬是一次极大的伤害。

在南雄市委常委宣传部长的陪同下，次日上午我专访了南雄市委书记及县长。根据报社的需要，在南雄市委办公室的安排下，我带着兰芬走访了一家卷烟厂和米厂，并签订了广告宣传合同。那一天在市旅游局领导的带领下游览了珠玑巷，那一天我和兰芬超额完成了各自在南雄市的任务，那一天我们的工作是极其紧张的、辛劳的，但那一天我们又是最幸福的：因为我们开始享有了属于我们俩的爱情。

我们圆满完成了在南雄的采访及广告组织任务，两天后胜利返回了韶关市区。在韶关我待了整整半个月，几乎走访到了韶关市辖管的每一个县区。十天后，我们的总体工作全部完成，剩下的就是组织收集稿件需要的材料，广告组织工作其实早在两天前就已经结束，但我们舍不得分离，直到实在找不到留下的理由，兰芬才恋恋不舍地走了。由于在韶关水土不服再加上每顿都要喝过量的酒，我皮肤过敏，全身都起了一些红点，奇痒无比，到第五天全身都被抓破了。就是在这样的情况下，兰芬依然毫不嫌弃，在临别的前夜，她一遍遍轻轻地替我挠痒，为我擦药。

在韶关的每一天，我将主要精力集中在对领导的专访和广告组织上，只有一两次稍微闲暇的时间和兰芬单独出去吃过饭。直到送兰芬去韶关火车站，发现路面上随处可见的积水，我才注意到韶关正面临着一场很多年未遇的大水。

送走了兰芬，我立即找来了当天的《韶关日报》，才确信位于韶关市区的浈江、武江、北江水位全面上涨，三江六岸全面告急。在此危急关头，我立即向南方都市报和韶关市委宣传部主动请缨，要求到出现险情和救灾的第一线进行采访。此后连续数日，我多次跟随韶关市委书记汤维英深入到了抗洪救灾第一线。在离开韶关前的最后一天，《南方都市报》发表了我来自韶关的又一篇新闻图片报道《第一次洪峰顺利通过韶关》。

在韶关的15天里，我们的采访小组顺利完成了报社交给我们的各项任务，组织了四个整版的文字及广告，成功出版了《南方都市报·城市周刊》韶关篇。

根据报社对周刊的规划，争取将每个市每个县都能做一遍，这种周刊的创办出版既全面宣传了当地的政治、经济、文化，又能从宣传当地支柱产业、民营经济中获取相当的广告费用，可谓一举两得。因为我曾经在经济快报社创办《传销透视》及《营销透视》的经历，报社最终选择了我负责采写组织《城市周刊》的工作。

不知道是天意还是巧合，在我刚到南方都市报上班的同时，相伴我几年的女友乃馨（本名为化名）被公司派到了武汉，而且一待就是一年。这似乎是上天给我和兰芬之间创造了机会。

从韶关回到广州后，兰芬和她当时的男友坦白了和我之间发生的一切，并坚持和他分了手。在我回到广州的当晚她就在我那间单间房为我做起了饭，我没有想到那么一个娇弱美丽的女孩竟然如此能干，我的内心充满温暖。

第十二章　因为救人，我成了新闻人物

在夏逸陶的精心指导下，我的写作水平迅速提高，工作也逐渐走上了正轨，并且受到了南方日报主办的内刊《南方报人》的表扬。

1998年4月8日凌晨，我像往常一样在交完稿件后，一个人慢慢地从报社走到了租住的冼村，我住的地方离报社四站路，从经济快报开始，除有急事打车外，只要没有急事我都会走着来回，因为这样每次都能节省一块钱，那时我的思想还停留在最原始的农民阶段。

经过一条狭窄的小巷，发现几个治安队员正在寻找一位因醉酒从乘凉的四楼上摔下的老汉。看到此景，我立马参与进去，并且第一个发现了在两栋紧挨着的楼之间被夹住的老汉。我当即指挥治安人员和我一起小心翼翼地将他拖了出来，并且送往了就近的广州华侨医院。

4月9日，《南方都市报》头版第三条刊登了我此次事件采访的文章，并且配发了两幅由我本人拍摄的照

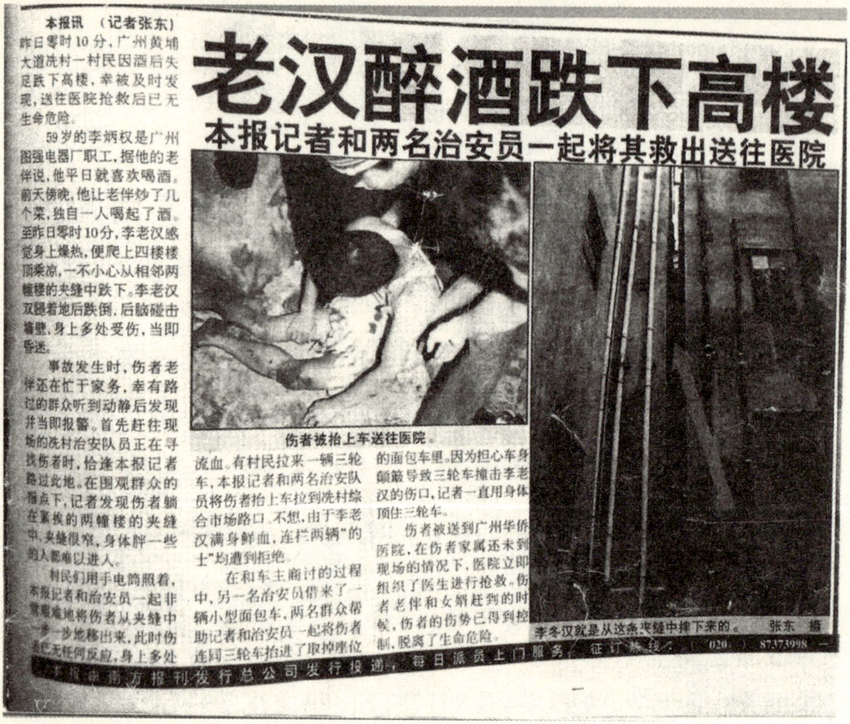

老汉醉酒跌下高楼

本报记者和两名治安员一起将其救出送往医院

本报讯 （记者张东） 昨日零时10分，广州黄埔大道冼村一村民因酒后失足跌下高楼，幸被及时发现，送往医院抢救后已无生命危险。

59岁的李炳权是广州图强电器厂职工，据他的老伴说，他平日就喜欢喝酒。前天傍晚，他让老伴炒了几个菜，独自一人喝起了酒。至昨日零时10分，李老汉感觉身上燥热，便爬上四楼楼顶乘凉，一不小心从相邻两幢楼的夹缝中跌下。李老汉双腿着地后跌倒，后脑碰击墙壁，身上多处受伤，当即昏迷。

事故发生时，伤者老伴还在忙于家务，幸有路过的群众听到动静后发现并当即报警。首先赶往现场的冼村治安队员正在寻找伤者时，恰逢本报记者路过此地。在围观群众的指点下，记者发现伤者躺在紧挨的两幢楼的夹缝中，夹缝很窄，身体胖一些的人都难以进入。

村民们用手电筒照着，本报记者和治安员一起非常艰难地将伤者从夹缝中一步一步地移出来，此时伤者已无任何反应，身上多处流血。有村民拉来一辆三轮车，本报记者和两名治安队员将伤者抬上车拉到冼村综合市场路口。不想，由于李老汉满身鲜血，连拦两辆"的士"均遭到拒绝。

伤者被抬上车送往医院。

在和车主商讨的过程中，另一名治安员借来了一辆小型面包车，两名群众帮助记者和治安员一起将伤者连同三轮车抬进了取掉座位的面包车里。因为担心车身颠簸导致三轮车撞击李老汉的伤口，记者一直用身体顶住三轮车。

伤者被送到广州华侨医院，在伤者家属还未到现场的情况下，医院立即组织了医生进行抢救。伤者老伴和女婿赶到的时候，伤者的伤势已得到控制，脱离了生命危险。

李冬汉就是从这条夹缝中摔下来的。 张东 摄

本报由南方报刊发行总公司发行投递，每日派员上门服务，征订热线：（020）87373998

■ 这是1998年4月9日《南方都市报》头版第三条刊登的我采访醉酒老汉事件的报道

片。责任编辑夏逸陶拟的标题是《老汉醉酒跌下高楼——本报记者和两名治安员一起将其救出送往医院》。同一天的《南方日报》同样以本报记者张东的名义刊登了这篇文章，标题为《老汉酒后失足　四楼顶上跌下——本报记者参与急救，伤者已无生命危险》。那一期南方日报的内刊《南方报人》记者把我当成了采访对象，不仅在《南方报人》上刊登了表扬我的文章，还以南方日报社的名义向我颁发了奖金。

4月的一天中午，我正在办公室揣摩编辑帮我修改过的一篇稿件，突然一阵急促的电话铃声打断了我的思路，我拿起电话接听，电话那头传来一个女孩怯怯的声音："是张记者吗？"我随口回答："是。"跟着就没有了声音，我"喂喂喂"了几声，终于又听到了她的声音："我能见你吗？我一早就来了，就坐在你们报社的门口。"

我愕然，听声音好像还是一个孩子，一大早就来找我做什么呢？我连忙告诉她我的分机号码，让她告诉门口的总值班室。几分钟后，一个陌生的女孩走进了我的办公室，带着一脸的稚嫩，显然只有十六七岁，请她坐下时，她坚持站在那里，我只有站着和她说话。当她一开口我就知道她是我的老乡，她告诉我，一个月前她的姐姐将她从安徽马鞍山的老家带到了广州。姐姐在一家夜总会做小姐，她不愿意，但又没处可去，只能在那家夜总会做“公主”，就是帮客人倒酒、点歌、打扫卫生。昨晚，一个“大领导”去她那里玩，告诉了她我的手机号码，她说：“那个大领导说了，你也是安徽的，是个很厉害的记者，专写批评的报道，坏人都怕你。”

不管是什么原因，我立即带着她打车赶往广州市陵园西路，当年是手机一条街。半个月前她姐姐花了5000块钱给她在一家店买了一部手机，回去之后，老是死机，她找了这家店几次，这家店不但没有帮她解决，竟然还将她轰了出去。对于一个刚到广州的农村小孩，眼睁睁看着姐姐掏了5000块钱买的手机不能用，她很心疼。所以昨晚见到一个熟悉的客人，就向他倾诉起来。没想到那个客人是我的朋友，知道她是安徽的，就将我的手机号码告诉了她。看到我们走进店里，显然服务员是认得她的，冲她说了一句：“你怎么又来了？”看到服务员的态度，一种乡情的本能让我超越了记者的公正，我立马上前和他交涉起来。在交涉中我才知道，小老乡没有完全和我说真话，手机是她自己摔坏的，店里要她出一部分钱，才肯帮她修。这本也合乎情理，但小老乡觉得是刚买的，又不愿意出钱。正在这时，一个壮实的男人冲了进来，见到我第一句话就是：“把你的记者证拿来。”我说：“你是干什么的？”他随口回答：“我是干什么的！我干记者的时候，你还不知道在哪呢，你有多远就滚多远！”

作为一名记者面对这样的现象并非偶然，但对于初入道的我来说还是第一次。当天下午，我就在义愤填膺中将这次的采访写成新闻稿，分别交给了《南方日报》和《南方都市报》。第二天，两家报纸同时以本报记者的名义刊发了这篇文章。

那段时间，因为打击非法传销，我经常跟随省工商局直属分局、广州市工商局经检分局去各地现场查封非法传销企业，因此有了一定的交情，在稿件发出后，我立马通知他们配合我的新闻报道，让他们先派人去这家店做个暗访，要是能找出问题，我再进行跟踪报道。在我的潜意识里我认为无论怎样，她是一个小孩，虽然本质上商家没有错，但那个男人的态度让我忍无可忍。后来我才懂得，这是我不成熟的思想表现，这是一个不合格记者的行为。

正当我抓住这件事情不放，准备大干一场的时候，项仙君急忙打电话将我叫到了他家。他气急败坏地跟我说："你发表的稿子我看过了，立场不对。作为一名新闻记者错就是错，对就是对，不能感情用事，你要知道你的一篇报道，会很容易伤及很多无辜的人。"跟着他又说道："你知道那个男人是谁吗？他是《中国质量报》广东工作站的副站长，他们的站长叫林雪，他俩都是安徽人，在安徽老乡当中声名赫赫，你真是无知者无畏呀！"

我很感谢项仙君的教导，他的教导加速了我的成长，教会了我如何做一名合格的记者。

俗话说"不打不相识"，就是通过这件事，我在广州终于有了第一个"帮"——兄弟帮，只有排行老五的是个女的，她就是林雪。后来我在广州的日子里，她是最心疼我的一个姐姐，甚至超过了我的两个亲姐姐，因为她有着太强的能力，并且把这种能力真心地用在了我的身上。每每在我需要保护和照顾的时候，她的身影总能及时出现。

第十三章　爸爸，儿在广州的发展才开始

4月的一天，我接到了母亲打来的电话，电话中母亲骄傲地向我发出邀请："老板，房子建好了，等你回来举行竣工仪式。"

在这段时间里，我逐渐适应了南方都市报记者的工作，也取得了领导的信任。于是我请了一周的假回了家。

1998年4月29日，我按照母亲定的日子赶往回家的路，刚刚走上广州火车东站的站台，就发现几名警察押着一个带手铐的人，出于职业敏感我迎上前去……5月1日，当我还没有看到老家新建的房子，《南方都市报》第六版整版刊登了我撰写的专题报道《传销，给中国上了一课》；5月2日，《南方都市报》二版头条用半个版的面积刊登了我另外一篇文章《患难时，真情在哪里？》；5月3日，《南方都市报》头版报道了我和《楚天都市报》记者王正旺联名采写的图片报道《粤鄂警方广州伏击　拐骗少女疑犯

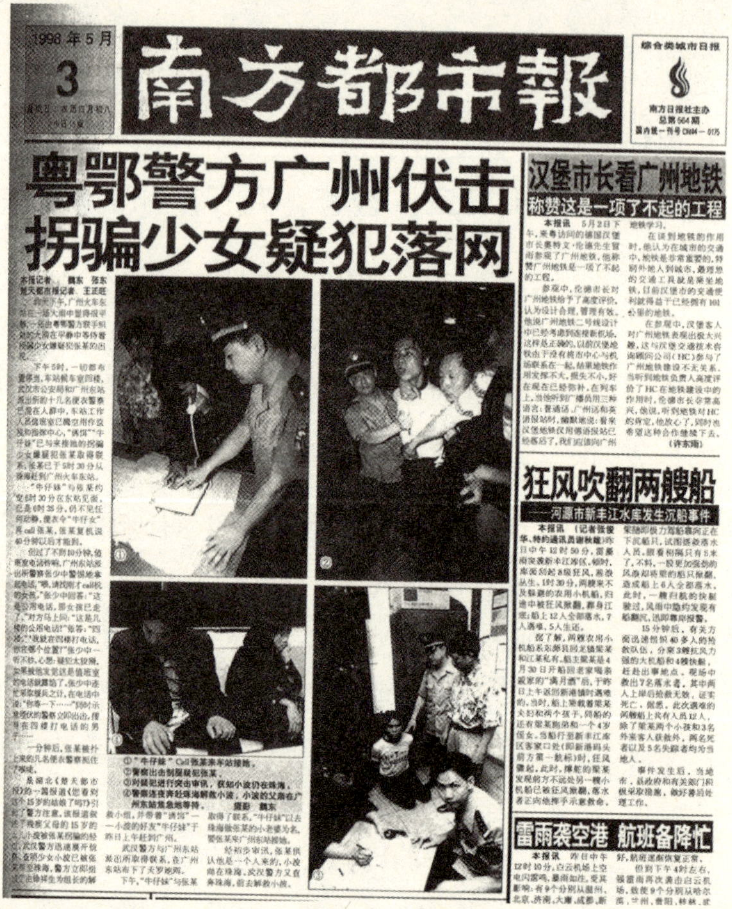

1998年5月
3

南方都市報

综合类城市日报
南方日报社主办

粤鄂警方广州伏击拐骗少女疑犯落网

本报记者 魏东 张东
楚天都市报记者 王正旺

汉堡市长看广州地铁
称赞这是一项了不起的工程

本报讯

（许东海）

狂风吹翻两艘船
——河源市新丰江水库发生沉船事件

本报讯（记者张俊华、特约通讯员谢秋雄）

雷雨袭空港 航班备降忙

本报讯

■ 1998年5月3日，《南方都市报》头版刊登了我和《楚天都市报》记者王正旺联名采写的文章

落网》，图片是随后赶到的我的同事魏东拍摄的。这一系列新闻报道发表时，我还没有返回广州。

为了了却爸爸的心愿，我在老家建起了一栋两层半的小楼，并在小楼的四周圈起了一个两亩地面积大的院子。小楼刚刚建好，我专程赶回老家参加竣工典礼，典礼开始前，我带着哥哥姐姐一起跪拜在父亲的坟前，口中喃喃自语：“爸爸，相信你儿子在广州的发展才开

■ 1997年，25岁的我，用在广州三年赚到的第一桶金，在老家建的小楼和两亩地大的院子

■ 小楼、厨房、车库

■ 1997年我家建的院子大门，比当年老家乡政府的大门还要好

■ 1997年建的院墙

始……”

那一天在父亲的坟前还多了一个人，那就是兰芬。

我是坐火车回的家，老家的手机信号很弱，经常收不到电话，我不知道在我走后的两天里兰芬到底给我打了多少次电话，当时她的部门领导根本就不知道是什么原因使得她连请假条都没写，只是找到领导说了一句“我要请假”就转身走了。那一天是5月2日，那一天兰芬在跟领导说完那句话后，就拎着一个手提袋打车赶到了白云机场，庆幸地是她包里的钱还够支付一张到合肥的机票。5月2日的晚上当我正在给连夜加班的工人敬酒时，接到了她打来的电话，当我看到手机上显示的区号是合肥时，我还以为是我的同学，那个电话我始终无法听清，但我知道是她到了合肥。在我好不容易走到村边的路口，手机信号增强的时候，电话亭的人说她已经走了。我知道她还会打，但一等就是两个小时。更让我没想到的是，她又打车赶到了我二姐夫工作的苏湾镇，那是她在和我无意中聊天时记下的一个地址。

那个镇离我家还有八里路的距离，我让二姐将她先接回了学校并支付了出租车费。为了这个车费，二姐心疼了好多天。当再次打通二姐家的电话，听到兰芬没有任何责怪而是非常兴奋的一句“想你”时，我意识到无论怎样都应该马上去接她。我从村口跑回家里，找来了为我家拉建筑材料的师傅，将一个拖拉机拖斗卸下，我开着四轮拖拉机的车头赶到了二姐家。接她回来的路上，她坐在用铁皮包裹着的轮毂上紧紧搂着我的肩膀，在轰鸣的拖拉机声中，用极其轻柔的声音对我说：“我没有想到你生活在这么偏僻的一个地方，原以为你家怎么着也是在一个小镇上，你能从这样的地方走到今天，我很自豪，不仅不会嫌弃你，还会加倍地爱你。”

她是这么说的，也是这么做的。在那个偏僻的农村，连洗澡的地方都没有，她没有任何抱怨，包括我母亲对她的冷落。几个月前的春节，一直跟随我多年的乃馨，也是在这个地方和我的母亲计划着怎么建造这栋小楼。这小楼刚刚建好，来的竟然是另外一个女孩，乡亲们会怎么看。母亲自己也不能接受，即使兰芬那么漂亮，但母亲说她要的是能跟他儿子过日子的，而且是一辈子的人。她认定老实本分的乃馨才是她想要的儿媳妇，不相信看起来那么娇柔、漂亮的兰芬能真心对她儿子好。虽然那几天每顿饭都是兰芬极其勤快地去做好，照顾大家，母亲也没有给她一次好脸色，但兰芬一再地跟我强调她更感动，因为母亲表现出的是一种厚道，是她自己事先没有打招呼就来的，所以她不怪母亲。

回到广州后，我们回归了平静的生活，她做她的广告业务，我每天根据报料进行各种新闻采访。那时候报社还没有食堂，我们只能在外面吃饭，平常我只是买最便宜的快餐。但有了她之后，隔三岔五的我们总会去不同的餐厅吃饭，每次至少都需要好几十元。由于兰芬在广州一直住在她姐姐家里，所以我们也只是偶尔在一起住，有时候她到我这里来，来不及带衣服，包括这样的原因导致了我最终和她分手。

在和兰芬相爱的那段日子里，我是幸福的，在我的眼里她是“出身豪门”的人，但她没有流露对我丝毫的嫌弃，相反用她的美丽、温柔与体贴呵护着我。她非常善解人意，考虑到我的家庭状况，她每次来见我开始乘坐公交车，在和我交往之前她从来不知道公交车里的状况，她知道我有时候走路下班的原因是因为我连坐公交车的一块钱都想尽量节省下来。对于她能挤公交车已经是一种艰难无奈的选择——只是为了我。

1998年流行的《泰坦尼克号》电影，我们是在华南影城看的，因为那里的票价便宜。看完电影回来，我们坐的是人力三轮车，天很晚，还下着小雨，虽然人力车有雨棚，但根本遮挡不了迎面飘来的雨。为了节约打车的费用，我们一路淋着雨回到了家。

1998年8月，因为工作的变动，我从冼村搬到了文德路去住，当时我的行李只有两辆人力三轮车，我和她各自蹲在一辆三轮车上，当时她穿的是裙子，她喜欢穿裙子。那一天，在那个都市的街头，那样美丽并且散发着高贵气质的一个妙龄少女蹲在那样一个破旧凌乱的三轮车上，我相信会给很多路人留下深刻的印象。

即便是这样，我和她之间在平常生活中仅仅是为了简单的吃穿，竟然也导致了我不满的情绪越来越难以压抑。

一个周末我们看完电影后，在刚刚建好开始营业的天河城闲逛，她挑选了一件文胸和内衣，那天晚上，她是要和我一起回到我住的地方，因为事先没有准备换洗的衣服。在选衣服的时候她一再强调她来付钱，她知道我害怕她多花钱，但我是男人自然应该掏钱，这是我固有的观念。当我接过服务员递给我的付款单，还以为看错了，两件内衣加在一起三百多元。而我身上穿的内裤是母亲专门在老家请裁缝师傅做的，按照母亲的话说是很好的布料，一件内裤连工钱差不多要5块钱。

我咬紧牙关走向了收银台，站在收银台前，我的眼前浮现起几千里外的母亲佝偻着身体，在泥水没过膝盖的稻田里倒退着插秧的身影，脑海里浮现出姐姐们用她们那瘦弱的肩膀一次次从几里外的地里挑回一百多斤重的刚刚收割的庄稼，蹒跚在田埂地头，那一百多斤重的庄稼在经过很多道繁杂的程序之后收获到粮仓，也就只能卖上二三十元，想到这里我忍不住地要流泪。那天晚上，无论她怎么哄我，我都没怎么说话。

我将这种现象和我的困惑告诉了我的大哥张辉斌，他是我在融捷公司的同事，又是同乡、同姓。在公司他也是特别照顾我的一位。听完我的叙述，张辉斌以不可理喻的口气教训我："你永远都是农民，别看你一只脚踩到了马路上，另一只脚还在马路边的庄稼地里。不算你以前攒的钱，就说你现在的收入还少吗？花这点钱有什么关系？"

对于张辉斌大哥的话，我心里更多的是不同的观点。农村人把下一次馆子都当成一件奢侈的事，城里人当然不一样了，这是一种消费习惯和观念。他是城里人，他哪能体会到我们农村人挣点钱的艰辛，他家里的每个人都按月领取正常的工资，而我家里的每个人都还在向泥巴地里要钱，面对长期这样的消费我于心不忍，我不能只顾着自己。当然我心里也清楚地认识到她也没错，她本该就是这样的消费水平，她的父母在老家浙江舟山开了几间很大的灯饰店，她的姐姐、姐夫都在广州做生意，她的工资也不低，她也没说要我付钱。是我认为自己是个男人，是一个越穷越要面子的男人，作为一个男人，我怎能让女友当着我的面自己掏钱买衣服。

在我们分手的前一个月，她的爸爸听说她想结婚，将和她妈妈商量后的结果告诉了她：我买我们结婚住的房子，他们给兰芬准备的嫁妆里有辆车。那时候刚刚流行桑塔纳2000，她妈妈甚至让我们当时就去选。

单是吃饭和买衣服这些平常的事情，我就越来越深切地认识到我和她是两种生活水平线上的人，是两个不同阶级的人，我必须抉择。

又一天晚上，在北京路的广百百货大厦，这种买衣服的事情再次重演。买完衣服后，回到文德路75号省作家协会分给我住的宿舍里。我一句话都没再和她说，她也生气了，拿起包就走，我没有挽留，很久后，我出去想随便走走，发现她竟然还站在马路边，我依然没有和她说话。看到我出来，我感觉到她是很伤心地在往前走，我想象得到她是希望我哪怕说上一句挽留的话，她都会停下犹豫的脚步，看着她走我也不由自主地慢慢跟着。

这一走差不多走了三个小时，从文德路走到广州大道的天平架。在军区总后勤部的大门口，她终于累得坐在了路边，我也是。许久她轻声地问了我一句："你就这么害怕我把你的钱花光？"我没有回答。她站起身打车走了。其实我们坐的这个地方离她姐姐家只有一站路了。

兰芬走了，永远远离了我的生活，在那一刻我没有做出任何挽留的行为，是因为我过于现实的思想和面临的现状迫使我做出了那样可悲的决定。

第十四章　因为被“辞退”，我离开了南都

和兰芬分手后，我也离开了南方都市报，这次离开不是我的本意，是因为一家企业的迫害。我不得不承认，有些企业的社会关系确实是能够通天的，他们为了一己私利甚至可以不择手段，这也是我和很多记者的悲哀，这样属于记者的悲剧也经常上演并且还在不断地继续。

1998年4月21日，国家出台了禁止传销的通知，那段时间里，各级政府严厉打击各种非法传销企业及非法传销行为。根据报社的布置，我那段时间的采访重点自然停留在打击非法传销的工作上。在那段时间里，我在《南方都市报》以及《南方日报》以本报记者名义刊登了大量打击非法传销的文章。比如：《南方都市报》4月23日头版头条刊登的《传销讲座昨晚照开不误》，5月1日第六版整版刊登了《传销，给中国上了一课》；《南方日报》4月10日第三版《突袭非法传销》，4月14日和项仙君联名刊登的《传销业不整治

第十四版 珠三角社会生活 南方日报 1998年4月27日 星期一

珠三角社会生活

本报社会生活部编

传真：（020）87370755（白天）、87375203（晚上）

持续八年的传销活动终于收场，它给人们带来什么？

痛定思痛说教训

执行有法 爱心无价

高明法院垫付六万元并派人护送两位工伤民工回四川

禁令发布之后，传销公司反应如何？

有的准备转型 有的乱作一团

■ 1998年4月27日，《南方日报》刊登了我和项仙君联名报道的打击非法传销的文章《痛定思痛说教训》

不得了》，4月27日和项仙君联名刊登的《痛定思痛说教训》……

1998年5月的一天下午，南方都市报办公室副主任宋季华将我叫到了他的办公室，询问了我两天前采访的公司，那是一家经营了好几年的非法传销公司。在询问的过程中，他一再问我是否存在勒索敲诈的行为，听完这话我非常愤怒，立马跑回我的办公室，将一个女孩拉了过来。那是武汉大学新闻系的一个研究生，根据报社的安排跟在我后面实习，只是她的名字我已记不得了。我只跟那个女孩说了一句话：“你把昨天跟我采访的情况向宋主任汇报。”说完这话我转身就走了。

我和传销有着不解之缘。传销行为最初进入中国时还没有合不合法的定义，是在政府默许的情况下进入的。因为我的女友是传销公司的工作人员，我接触到了很多从事传销的人，才有了后来的《传销透视》和《营销透视》。因为这项工作我拥有了我想都不敢想的第一桶金，我很知足，我没多少文化，但我有尊严。我不会轻易地伤害别人，但一个农民的厚道和韧性也绝不会被人随意侮辱。

几分钟后，宋季华微笑着走进了我的办公室，他相信实习生说的话，但是他接到了主编（当时的一把手）关健的指示：要求我办理离职手续，理由是那一家企业投诉我敲诈勒索。宋季华善意地提醒我，可以去找一下关总和他当面说清楚。站在关总的办公室，我想向他解释清楚，但我明显发觉关总根本不听，他也不说话。我已经不是一个单纯的农民，在融捷集团我跟着吕向阳也学会了处理一些棘手的事，我很平静地向关总说，几乎就是自言自语："我没有敲诈勒索，如果是因为对方动用了某些关系，诬陷您的记者，那也是对您的一种侮辱。如果仅凭对方一面之辞，您就决定辞退我，我可以选择抗议。我知道这或许是一种徒劳的行为，但我依然坚持，至少我可以不写辞职报告，我想你们也总得有个辞退理由，但这样的辞退内容绝不可以诬陷到我。"说完这话，我毅然决然地转身走了。

关于我在南方都市报的日子，我必须还得提到一个人，南方都市报现在的掌舵人之一庄慎之，他当时是编辑部主任。

早在4月底，他就接到了关健主编的电话通知：停发我的稿件。但关总没有向他说明什么原因，为此他还专门找到我了解了一下情况。庄慎之是一个正直的人，是一个合格的新闻记者，是一个优秀的领导。我相信他当时是顶着压力继续以本报记者名义为我发稿，从5月3日头版头条《粤鄂警方广州伏击　拐骗少女疑犯落网》、5月4日第三版头条《患难时真情在哪里》，一直到9月8日《南方都市报》第十六版整版《有一种真情在呼唤》、9月14日整版《发展才是硬道理》……

关于9月份在《南方都市报》发表的两个整版还有一段故事足以证明我也是一个正直的记者。

就在喻华峰通知我去韶关采访的前几天，我已经连续几天在一家

23

南方都市报

外来工郭弼在南海一台资企业仅干了一个星期即宣称

我要脱离牢狱般的生活

'98 甲A开战

珠海邮电局胆子真大

诬告法官强奸 蛮妇蹲监三年

"海洋之心"拍得高价

■ 1998年3月23日，《南方都市报》头版头条刊登了我的文章《我要脱离牢狱般的生活》

16 企业风采 南方都市报

有一种真情在呼唤

——访广州禾合连锁网络销售有限公司总经理邹越

诚邀厂家 加盟 禾合企业 期待 您的参与

电话：(020) 86552351—8005、8011 86552592(晚上) 传真：86552351

地址：广州市广源中路158号星晨商业中心九楼901室 邮编：510405

■ 1998年9月8日，《南方都市报》整版刊登了我采访禾合公司总经理邹越的文章《有一种真情在呼唤》

公司暗访，那家公司是广州禾合连锁网络销售有限公司，我当时怀疑其有非法传销的嫌疑。一天下午我正在这家公司暗访，接到了一个自称名字叫魏东的电话，他说是我的同事，他问我是不是在禾合公司。我很诧异，我不认识他，他又怎么知道我在这里。他在电话中笑着邀请我晚上一起吃饭，我没有答应。我说我刚来报社，必须要好好工作。他说："我以一个同事的身份邀请你吃个饭，也是欢迎你成为我的战友。"

那天晚上，在天河城附近的南岗兄弟海鲜酒家，我第一次见到了魏东，他是我在南方都市报私交最长、关系最好的一位同事，一个兄长。

在那次饭桌上，我还见到了另外一个人——广州禾合连锁网络销售有限公司总经理邹越。这次见面才有了9月8日那个整版，才有了那篇整版的开头：对未来美好的想象和发自内心的良好祝愿是源于对邹总的一次采访，我认为邹总是我采访的人中比较特别的一个。这种特别指的是他对选择事业的独特眼光、与众不同的思想，更为重要的是他在谈到怎样安置下岗工人，怎样搞活商品流通，使企业摆脱困境时所表现出来的执著态度，使人明显地感到有一种真情在呼唤他的事业成功……

通过那次见面，在友好的气氛下，经过短时间的交流与沟通，我打消了对那家企业的怀疑。任何一个企业创立的初衷应该都是好的，都是想着要承担一份社会责任，就像一个人从一生下来，父母对孩子的期望都是希望孩子健康成长，希望孩子做好人，做好事，做有益于社会的事。

在和邹总告别的同时，我已经消除了对禾合公司非法传销的疑惑，并期待他的企业能真正为社会承担一份责任，祝愿他的企业能够健康发展。

坐上了魏东开来的车，那是他自己买的一台夏利。在车里我打开了邹总交给我的一个资料袋，发现里面还有一个信封，抽出来一打开看到了一叠钱，我毫不犹豫地将它塞给了魏东，坚决不要。我看得出，魏东也确实不知道，他一再强调说好只是吃顿饭，因为他俩是老乡，不好拒绝。最终魏东将钱还给了他们。

或许是我和魏东的行为感染了他们，在不久后的一次聚会上，邹总提出刊登广告的事，我当即拒绝，因为报社已经规定采编和广告分开，各司其职。但就是这样他依然派人将原本送给我的一大笔钱交到了报社，特别强调，因为张东是他们的朋友，他们希望能为报社做点什么。具体怎么做由报社安排。直到9月份，《南方都市报》以本报记者的名义，刊登了我写的两个整版的专题报道，以形象宣传的广告价格给禾合公司开出了十万元的广告发票。

从1998年5月开始，我悄无声息地离开了南方都市报，没有办理任何离职手续。我不想为难报社的同事，更不想为难宋季华、庄慎之，我也知道关总的心里明白我是被诬陷的，但有些不足为外人道的原因迫使他做出了这样的决定，我不怪他。在自行选择离开南方都市报的时候，我的心里没有凄凉与失落，而是充满着留恋与感激。我舍不得离开我新闻生涯中的第一个导师——夏逸陶，我舍不得离开我的兄弟姐妹——魏东、汪春华（椿桦）、曾文琼、邓世祥、邹高翔。我感谢我的领导庄慎之、任天阳。他们正确地派给我各项采访任务，指挥我奔走在新闻的第一线，在混乱的新闻现场、奔腾的洪水前沿。他们一次次提醒我注意安全，如兄长，如亲人。我更感激程益中，是他真正成就了我的新闻梦想，让我真正成为了一名记者。因为他，我有幸进入了南方都市报，成为了南都人，而且是永远——在我难以忘记的人生经历中。

第十五章　“爸爸睡着了”

“什么样的心情留在了1998年5月29日？是1200颗稚嫩的心折叠成1200只象征着和平的纸鹤，在广东省佛山市白燕小学6名教师和2名学生代表的护送下，饱含着热泪，飞到了您的遗像前。每一只纸鹤都怕惊醒梦中的您，而向世界无声地宣布：‘邓勇坚同志永垂不朽！’每一颗心都在迸发一个共同的信念：‘忠魂不泯热血一腔化春雨，大义凛然壮士千秋泣鬼神。’佛山上空，一朵朵盛开的白玉兰在滴血。滴滴鲜血是英雄无怨无悔的誓言，是英雄留给这座城市的记忆：‘佛山人民的好儿子，忠诚卫士邓勇坚同志永远活在我们心中！……”

这是一篇通讯稿的开头，是由广东《新闻人物报》记者张东，也就是我采写的。

1998年6月2日下午，在广东省公安厅宣传处李士彬副处长的办公室，李处长伏在办公桌前，轻声朗诵着新闻科李敬文科长交来的一篇稿件：英雄鲜血染红的大地将会永远传诵英雄匆匆的脚步撞击大地所奏响的奉献之歌；善良诚实的人们将会永远铭记英雄的年轻生命与日月同在！李处长朗诵的时候，我就在他的身边，为了掩饰我心中的窘迫，我端起了一杯水，突然听到“啪”的一声，惊洒了我手中刚刚送到嘴边的水，那是李处长拍桌子的声音，同时听到了他口中蹦出的话语“就是这篇，向全国的新闻媒体发”。

那是我新闻生涯里很难忘的一次，几天前在广东省公安厅宣传处新闻科长李敬文的带领下，我们尾随广东省公安厅厅长梁国聚率领的车队，浩浩荡荡地开往了佛山，参加勇擒持枪顽匪而光荣牺牲的佛山青年巡警姜明华、邓勇坚的追悼会。在鲜花丛中，两位勇士安详地躺在那里。在飘落的雨中，看到殡仪馆广场上排列整齐的几千名警察庄严敬礼，送别他们的战友。听到了烈士姜明华六岁的女儿在遗体告别时指着躺在鲜花丛中的爸爸说出的话：“爸爸睡着了”，我的眼泪夺眶而出，一股股热流在我的心头翻滚。当夜，我在泪水和汗水中写下了这篇长达万字的通讯《铁血巡警——记勇擒持枪顽匪光荣牺牲的佛山青年巡警姜明华、邓勇坚》。在李敬文的帮助下，文章第二天就获得了广东省公安厅的通过。作为新闻通稿提供给全国的媒体，我服务的广东《新闻人物报》全文刊发。

第十六章　艰难抉择

1998年5月，我还没有完全离开南方都市报，就成了广东新闻人物报的一名记者。这家报纸是由广东省作家协会主办，当时的社长是蔡玉明（现任南方报业传媒集团副总编辑、《南方》杂志社社长）。在她的关照下，我从当时租住的冼村，搬到了广州市文德南路75号省作协院子里的一间房子，紧挨着报社的办公楼。这是一张周报，工作量非常小，因此我有了足够的时间对自己的过去第一次进行深入的思考。

从房地产中介员、经济快报主编到南方都市报记者，虽然单位不同，职务不同，但有一个身份是相同的，那就是广东人口中的“打工仔”。对于当年敢为天下先的一批下海者而言，选择下海，也就选择了放弃金饭碗、铁饭碗，也就都变成了打工仔。当然，其中也有一批瞅准了机会，赶上了好政策，并且积累了一定财富的智者一起步就成了时代的弄潮儿，比如吕向阳、王传福，但我不像他俩。我没有他们的背景，更没有他们已经拥有的财富。虽然我也有了辛辛苦苦攒来的一百多万元现金，但和他们相比简直是凤毛麟角。他们是老板，因为他们开了公司。但我能开公司吗？敢开吗？在经济快报和南方都市报的遭遇，让我对毫无保障的打工生涯产生了担忧，担忧好不容易熟悉了一个新环境，做好了很多准备，正要大显身手的时候，很多原因却在我毫不知情的情况下改变了我的初衷，让我无法把握。作为一名打工仔，我也无法改变一次次突然来临的意外决定。因此，我想开公司，我想拥有一片属于自己的天地，可以自己当家作主。可是开什么样的公司，做什么样的生意，我心里没底。更让我心里没底的是我好不容易赚来的一笔钱，会不会因为开公司而赔光，甚至欠债。做生意是要冒风险的，这谁都知道。在很多行业里，记者的身份和收入已经是很不错的一份职业，它足以保障我和家人的生活需要，我有必要冒这么大的风险吗？

连着很多天，我陷入了两难的抉择，我害怕失败，却又在冥冥之中产生一股难以言状的兴奋与冲动，我突然意识到我还可以有更高的追求。我一遍遍想象着保持现状的未来会是什么样，开公司的未来又会是什么样。在我犹豫不决的时候，乃馨帮我做出了决定。她亲眼目睹了我从离开融捷公司之后的各种经历，她难以忘记失去经济快报之后我的失落表现，她认为值得为这一次去拼搏，她认为我一定行。最主要的是她觉得大不了从头再来，因为我和初进经济快报的情况相比，已经完全不用担心没有报社不要我当记者。既然没有了这样的顾虑，我还犹豫什么？

1998年8月，我第一次为了自己走进广州市工商局的大门，在单立凡主任的建议和帮助下，很快成功注册了“广州出门人文化传播有限公司”。之所以用“出门人”这三个字作为公司的名称，是因为过

■ 这是广州出门人文化传播有限公司的LOGO，整个图案是一个“门”字，“门”字上面的一点是一个红色的太阳

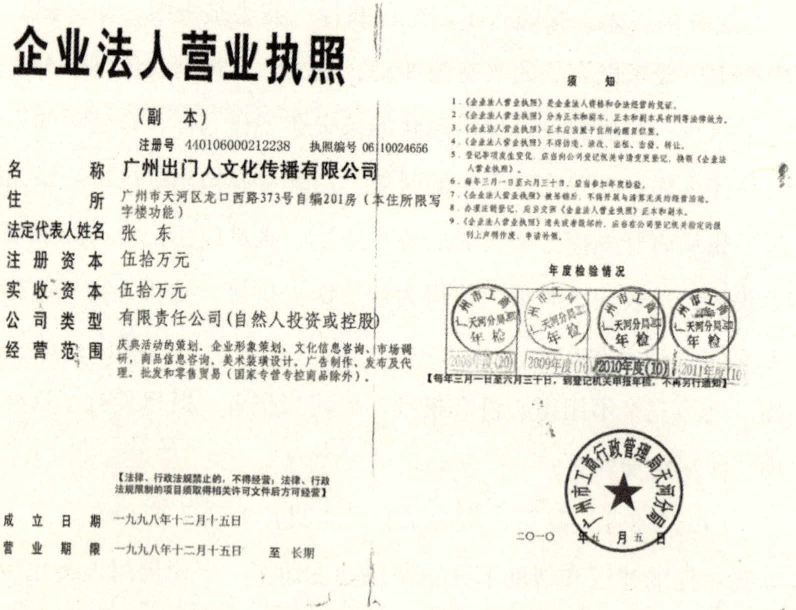

企业法人营业执照

（副　本）

注册号 440106000212238　执照编号 06110024656

名　　称	广州出门人文化传播有限公司
住　　所	广州市天河区龙口西路373号自编201房（本住所限写字楼功能）
法定代表人姓名	张　东
注册资本	伍拾万元
实收资本	伍拾万元
公司类型	有限责任公司（自然人投资或控股）
经营范围	庆典活动的策划、企业形象策划，文化信息咨询、市场调研，商品信息咨询、美术装潢设计、广告制作、发布及代理、批发和零售贸易（国家专营专控商品除外）。

【法律、行政法规禁止的，不得经营；法律、行政法规限制的项目须取得相关许可文件后方可经营】

成立日期　一九九八年十二月十五日

营业期限　一九九八年十二月十五日　至 长期

须　知

1.《企业法人营业执照》是企业法人资格和合法经营的凭证。
2.《企业法人营业执照》分为正本和副本，正本和副本具有同等法律效力。
3.《企业法人营业执照》正本应当置于住所的醒目位置。
4.《企业法人营业执照》不得伪造、涂改、出租、出借、转让。
5. 登记事项发生变化，应当向公司登记机关申请变更登记，换领《企业法人营业执照》。
6. 每年三月一日至六月三十日，应当参加年度检验。
7.《企业法人营业执照》被吊销后，不得开展与清算无关的经营活动。
8. 办理注销登记，应当交回《企业法人营业执照》正本和副本。
9.《企业法人营业执照》遗失或者毁坏的，应当在公司登记机关指定的报刊上声明作废，申请补领。

年度检验情况

【每年三月一日至六月三十日，到登记机关申报年检，不再另行通知】

二〇一〇年五月五日

■ 营业执照

去太多的苦难经历和身边太多和我一样经历过磨难，并还在经历着磨难的人让我一直难以释怀，我认为只要是出门在外的人，他们随时都会面临抉择，面临苦难。当然，只有苦难和艰难抉择才能酝酿出属于我们的梦想和追求。同时这个名字也包含了我自己一种朴素而谦卑的情怀——我是一个出门在外的人，一个一直在外打拼的人。严格说来，我们所有闯世界的创业者，都始终在外面，在路上，在滚滚的尘埃中……

当第一次接过乃馨递过来的营业执照，看到法人代表栏中“张东”两个字时，我既兴奋，又忐忑不安。从此，我也有属于自己的公司，而且是一家经营文化产业的公司，成了一个可以独当一面、令人仰慕的老板。

第十七章　就在这一天

1999年8月，我随同广东省公安厅李敬文科长来到了广东省湛江市，采访“98湛江特大走私案”。就在此前原湛江市市委书记陈同庆被判死刑，缓期两年执行。为了这个案件，大批记者云集湛江，李矗也是其中的一个。在湛江市公安局长魏志远的带领下，一长串警车呼啸而过，将我们拉到了湛江市龙海天的银隆酒店，那是湛江市公安局的接待基地。就是这次采访让我再次遇到了时任法制日报理论部主任李矗。他无意中的一次提议，让我在《法制日报》创造了又一次的辉煌。

在银隆酒店的饭桌上，李矗认出了见过一面的我。和李矗的第一次见面是在李敬文的办公室，他们都是湛江人，而在这么多人里，他主动和我打招呼，可能是因为我是当时在场的人中年龄特别小的一个，他很诧异在一大堆至少也是分局局长陪同的人群中怎么会有一个“小孩”或者说是一个小记者。他是这个地方的人，又是法制日报的主任、记者，湛江当时又处在一个特别敏感的时期。对于他的到来，湛江的政法机关当然不敢怠慢。因为李敬文，我成了唯一一个“沾”他光的人。事实上，就是这次见面，我确实“沾”了他的光，而且是大光。酒后的晚会上，在又一次歌声结束后，大家停止舞步，互相交流了起来。似乎是我在酒桌上的表现，获得了李矗的认可，他主动走向站在一边的我，随意说道：“《法制日报》要在全国部分省市办地方版，要是你有兴趣，我可以帮你引荐……”

1999年11月，我又一次走进了武警站岗的法制日报社大院，站在了法制日报社广告信息部主任郭恒忠面前，或许是眼镜的厚重使得他一直没有抬头，在修改着一篇东西。我在见他之前已经通过电话预约了很多次，他知道我的来意。因为长时间生活在南方，我不知道北方的寒冷，只穿着西装的我，站在他的面前瑟瑟发抖。助理送来了一杯热水，我感激地看了她好几眼（她后来也成了我的好朋友）。过了很久，郭主任终于放下了笔抬起头，简单询问了几句，就让我先回去等消息。法制日报社所在的花家地当年还很冷清，除了法制日报的大楼，四周一片空旷。晚上我借住在花家地北里的一个地下室，那是一个招待所，一个小单间六十元钱一天。每天天一亮，我就在法制日报大楼附近四处徘徊，看着在风雪中依然挺直腰杆站立的武警，我肃然起敬，内心也更加忐忑不安。这里是北京，这是武警站岗的法制日报，我从未想过敢进到这样一个地方，连北京都是无数人梦中向往的地方，我还能成为这里的一员？我很惶恐。在惶恐与忐忑不安中，我焦灼地等待着。

1999年12月6日，我再一次抱着侥幸心理走进了法制日报的大门，鼓起勇气在四周转了一圈。每走一步我都细心打量着不同地方站立的武警，随时准备停下移动的脚步。我感觉这里的每一个地方都是神秘的，随时都会有武警警告我停止前进。我认为这或许是我最后一次到这里，我想多看一眼，我想记住这里，我想以后回去能够告诉家乡人，武警站岗的地方是怎样的。就在这一天，我终于等到了最终的答复。答案是在我几个月来的期盼之中，但完全是意料之外。当我又一次站在郭恒忠的面前，他热情地邀我坐在他对面的沙发上，把我几天前交给他的《经济快报》和《南方都市报》还给我，并且递给我一张盖有公章的纸：

委托书

经国家新闻出版署批准，法制日报决定2000年开始在广东出版地方信息广告版。该版随正报发行。

经报社研究决定，委托张东同志负责广东信息广告版的筹备工作。

法制日报社广告信息部

1999年12月6日

我无法控制接过那张纸时双手的颤抖，我无法压抑看着纸上那一行行文字时内心的激动。这张纸承载着我的希望，预示着我的未来，它可以实现我更大的梦想。在此，我再一次地感激李矗，没有他的介绍就没有这样的结果。在此，我再一次地感谢郭恒忠，没有他的认可与信任也就没有我后来的辉煌。12月6日，那是属于我和《法制日报》的日子，那是属于我和《法制日报》的一个约定，我成了服务《法制日报》的人，我要忠于它，为了《法制日报》的明天更加美好，也是为了我更加美好的明天，我要更加努力奋斗。

当晚，我就坐上了北京开往广州的火车。在飞驰的列车上，透过窗外一排排建筑和树木倒退的影子，往事一幕幕浮现脑海，犹如电影般在我眼前浮现：乡政府办公室主任的堂哥对我报考文化站长表示爱莫能助的同情；深夜的上海火车站广场，躺在地上的我被一只只陌生的大脚踢醒；增城市石滩镇那家作坊式的塑料厂门前，面对老板妹妹深情的表白，我揉了揉多日未洗的头发，毅然决然地选择了拒绝；夜晚的广州街头，一个瘦弱的青年爬上了电线杆，在刚刚刷过浆糊的地方贴上了宣传单；冼村里一间简易的单间房，一堆书本搭成的凳子上，我坐在上面，就着一盏不能再往下压的台灯，趴在床板的一边奋笔疾书；南方都市报关总的办公室里，我说完最后一句话，忍住屈辱的泪水转身离去……带着报社的委托书，我兴冲冲地回到了广州，即将面临的每一件事情都在一次次考验着我。

第十八章　法制日报的不速之客

法制日报社的委托书，不过是一张纸，但这张纸却是一个机构、一个单位的代名词。而我，理所当然地是这个新单位的负责人。我深知，我的事业将从一张白纸上开始，这让我心里十分没底。虽然我以公司经营的方式来操作法制日报广东版，但这毕竟是法制日报的组成部分，代表着法制日报的水准。可是，我只是一个来自农村的初中毕业生，在过去的几年里，能够找到一份安定的工作，就足以令我满意了。给别人打工，才是我生活的常态。如今，我不仅要开公司当老板，还要以法制日报广东版主编的身份，代表法制日报组织、编辑稿件，宣传法制，这可能吗？既然已经拿到了委托书，就没有了退路，我必须放手一搏。然而要想开展经营工作，首先得解决办公场地问题。当初出门人公司成立之初，从老板到员工，只有我和女友俩人。公司的注册地址还是找人帮忙解决的，因为我没有办公楼。

在一个星期的时间里，为了租办公室，我和女友看过许多写字楼，希望挑选到的办公地点“对得起”《法制日报》广东版的牌子。但是，豪华气派的办公室租金太贵，令人望而却步。后来，在广东省公安厅李敬文的帮助下，我在黄华路6号、公安厅的斜对面，租了一套三室两厅的房子，商住两用。接着，我又和女友一道，在黄埔大道天马家具城购置了几张最便宜的办公桌椅。然后又咬着牙，在电脑城购置了电脑、传真机及打印机。

正当我雄心勃勃地做着各项准备工作时，我突然接到了一个陌生电话。

“请问您是哪位？”我礼貌地问。

“你是张东张先生吗？我是法制日报广东记者站站长李汉生，我想约你谈谈。”对方的语气有些生硬。

这个电话确实很突然，我有点不知所措。受委托创办法制日报广告版，我自始至终都没有与法制日报广东记者站有过任何联系，当然，我也不认识记者站里的任何人。

会不会是记者站的领导“不高兴”了？我忐忑不安地想。

当天，我应约来到了李汉生位于广州五羊新城的家中。他客气地请我就坐，并给我泡了茶。在交谈中，他询问我是否在准备做《法制日报》广东版。“要不是别人告诉我，我还不知道这件事呢！”李站长说。

我不知道，从此后我被扯进了明争暗斗的利益纠缠之中，这个利益之争差不多预示了《法制日报》广东版的结局……

广东记者站是法制日报社设在广东省的唯一合法机构，负责报社在广东地区的新闻采访与发行工作。站长李汉生，副站长邓新建，记者游春亮。记者站设在广东省司法厅内。

面对我这样一个不速之客的出现，他们的心情可想而知。法制日报地方版早在几年前，就陆陆续续在各省成立了。但迄今为止，只有几家地方版在正常出版，有的地方版一年也就出版一两期。值得一提的是，各地方版的负责人（主编），基本上都是当地记者站的站长兼任。因此，就算是一年只出一期，他们也无所谓，因为他们只要把记者站的工作搞好就行了。

“东西南北中，发财到广东”，曾经是民间广为流传的一句话。这说明，广东在很多人的眼中，是一个富得流油的地方。这样一个经济高度发达的地区，早先为什么一直没出《法制日报》广东版，我并不清楚。但我潜意识中认为，就算记者站不做广东版，他们大概也不愿意看到一个“外人”参与进来。当初，我去法制日报社竞争广东地方版主编，只是通过理论部主任李矗的介绍，除他之外，我在法制日报社不认识第二个人，更不要说有什么“靠山”。而李汉生是一个副厅级的站长，是为法制日报工作了十几年的资深“老报人”，在业界的地位可想而知。而副站长邓新建，是武警广东边防总队转业过来的一名处长，在部队时期就负责宣传工作。与他们相比，我不值得一提。

站在李汉生站长的面前，听到他提出的一些问题，我不敢说话，因为我不知道从何说起。我如果说请他们多帮助、多关照，他们愿意吗？如果我做大了，风头盖过了记者站，他们愿意吗？我一直沉默。或许是我的拘谨让李站长过意不去。此后，他再也没有找过我。

但这并不意味着我不会受到记者站的影响。我管不了那么多，我当时唯一的想法就是尽快出报，多出报，出多一期算一期，多出一期赚一期。从拿到委托书的第一天起，我就明白这确实是不该属于我的好事，所以我能理解别人会对我产生的任何想法，我早就做好了思想准备。直到今天，我依然认为，就算有人做出一些对我不利的事情，我也不会怪他们，这是发自内心的话。

时间在一天一天过去，转眼就到了新千年的元旦。

在广州大道的天龙大酒店二楼，林雪叫齐了一帮拜把子兄弟，在她自己开的黄山大酒楼里，为我摆宴，庆祝我成为《法制日报》广东版的主编。在他们热情的笑脸中，我一直默读着一句古诗：“路漫漫其修远兮，吾将上下而求索。”那是我对创办《法制日报》广东版的担忧。

在酒宴上，在坐的兄长们都认识并认可了我。在热情豪爽的五姐林雪撮合下，我成了他们唯一没参加烧香磕头的兄弟，排行老七，也是最小的一个。从老大开始，分别是：郑谦、程立功、伍小龙、姚依堂、林雪、宋贞柱、张东。

我将我面临的困难和困惑向他们做了介绍，他们异口同声地表示，只要他们能帮到的，让我尽管吱声。

我没有找他们，他们都是我的老乡，都是我的兄长，他们在各自的领域里做着各自的事情，都有着各自的困难和困惑，我找他们，他们又找谁。这都是自己的事，我必须自己面对，自己解决。

我们七兄弟里，除了五姐林雪，我和三哥走得最近、最亲、联系的次数也最多。年轻的时候，三哥就颇有闯劲，不甘人后，敢为人先。当年他放弃父亲替他安排好的稳定工作，只身南下到了广州。凭借超人的勇气、胆略和吃苦耐劳、永不妥协的精神。五年后便在广州白云区柯子岭路买下一块地皮，投资500多万元，建成了一栋九层楼，一部分自住，一部分用作服装厂车间，服装加工生意做得风生水起，闯下了属于自己的一片天。

有人说，情商高的人主要让别人高兴，智商高的人主要是让自己高兴，智商不高情商也不高的人主要是自己不高兴了还不让别人高

■ 伍小龙（图中）和他的一帮兄弟

■ 后排左起海螺海宇国际娱乐董事长欧阳、茂鑫典当行总经理杨运祥、茂鑫典当行董事长邱斌、云龙阁董事长伍小龙、岭峰集团董事长吕健、大派餐饮管理有限公司董事长赵立友、澳洲留学生赵公子，前排左起散打教练伍常勇、高手会馆长刘武成、散打教练潘鹏飞

■ 广州简道投资控股有限公司董事长汪礼众（左一）、云龙阁董事长伍小龙（左二）、安徽芜湖永信担保理财有限公司总经理助理伍长坤（右一）

兴。在我看来，三哥却属于情商和智商都极高的人。重情重义、乐于助人一直是他的人生信条。原本生于安徽芜湖的他，多年来一直是安徽在广东多个地市老乡的“热心人”，在广东的芜湖人，他都会不遗余力地凝聚他们。芜湖的各级政府部门来广东招商，特别是公检法部门到广东办案，他都会迎来送往、热情接待。三哥的名下拥有芜湖市人民政府招商局招商顾问、芜湖市收藏协会副会长、芜湖市公安局警风警纪监督员等多个不拿工资的虚衔。

三哥从小爱好武术，身为芜湖武术协会的常务理事的他，颇有“江湖”老大的风范。所有认识他的人，包括很多比他年龄大的人，都尊称他为龙哥。他平时爱穿宽松时尚的服装，身手矫健敏捷，目光炯炯有神，说话铿锵有力，眉宇间常常透露出侠气。但侠气并不能掩盖三哥的柔情，在微信朋友圈里，常常看到三哥晒他与家人在一起的图片，节假日带着家人去各大城市旅游观光度假，尽享天伦之乐。朋友聚会的时候，只要有三哥在，从来不用担心冷场，三哥总是妙语连珠、幽默风趣，但他并不会喧宾夺主，总是善于把控场面，不让在场的任何一个人受到冷落。

在我们七兄弟中，其他五位的学历都比三哥要高，之所以专门写他，是因为三哥同样演绎着一段属于出门人的传奇经历。如今，三哥不仅在广东拥有自己的产业，在芜湖旗下拥有自己的高手会跆拳道武术馆，在金融、商贸、矿产、文化健康产业等多个领域都颇有建树。无论是已经取得的成绩，还是在朋友心目中的地位，三哥都一样值得我崇敬一生。“要想做成事，先要做好人。”三哥经常这样说，我一直默默地牢记在心里。

元旦过后，还是在女友的帮助下，我将必要的办公场地、办公设备准备妥当，这只是万里长征的第一步。

办公的地方有了，办公的人去哪里找？在无奈中，我咬着牙准备再拿一笔钱去《广州日报》刊登招聘广告。但广告部接待我的人说，需要出示法制日报的营业执照和介绍信才能受理我的广告。我打电话找报社郭恒忠主任，请他帮忙。郭主任在电话中告诉我，让报社出示这些手续比较麻烦，他让我找广东记者站帮忙，以记者站的名义盖个章也是可行的。

挂了郭主任的电话后，我打消了登广告的念头。

就在这样一无援兵二无战士的处境下，我依然没有改变我的工作计划：春节前必须出一期报纸。因为只有这样，我春节后的工作才能顺利地展开，有了样报，起码可以借拜年的机会向有关部门和领导具体推介《法制日报》广东版。

第十九章　三个人的报社

可我此时几乎一无所有，拿什么出报纸呢？

专业采编人才是出报的关键所在。我虽然做过记者，有过几年的新闻从业经历，但我对文字编辑一职却没有经验，尤其对版式设计与版面策划很是陌生。何况，作为中央媒体的地方版，并且是第一期广东版，更加不能草率从事。我深知，单靠我个人力量，是不可能完成这项重任的。

既无新闻专业人才，又没有电脑排版人员，而且春节的脚步声又越来越近。我陷入了非常无助的境地。

怎么办？我该怎么办？

这时候，女友提醒我："可以找老同事帮忙，先请人兼职做好第一期再说。"我觉得这是个好主意，当然，这也是唯一的办法。

我在脑海中搜索合适的人选，这个人必须能写、会编，且对版面设计有创意。很快，有一个名字被我搜索了出来：汪春华（笔名“椿桦”）。他是我在南方都市报工作期间的同事，新闻部编辑。他是一个非常优秀的编辑，对记者的稿件有化腐朽为神奇的能力。我在南都工作期间，对他处理的新闻版面有很深的印象。直到今天，只要有重要的稿件，或者遇到很难处理的文章，我第一个就会想到他，都想找他帮忙。

椿桦是否愿意帮助我，我没底。但我顾不了那么多了，凭我们过去的关系，他没理由拒绝我。我打通了南方日报的总机，请他们转接南都新闻部的椿桦。

电话通了，我一开口就说：“兄弟，知道我是谁吗？”

“谁啊？请问你找谁？”对方说。声音有些陌生。

“我是张东，你是椿桦吗？”我感到有些不妙。

“不是，椿桦已经离开报社了。他辞职了。”对方答。

我感觉有一盆冷水从天而降。怎么会这样？

“那么请问，你有他手机号码吗？”我仍抱有一丝希望。

对方告诉我，椿桦在南都工作期间没有手机。我挂了电话，内心非常失落。接下来，我得再物色其他人帮我编报纸，同时还得请其他老同事打听椿桦的下落。

我常常觉得，这个世界真的很小，而且巧合的事情，也不只书本上才有。正在我一筹莫展的时候，事情终于出现了转机。一天下午，我的手机响了，是一个陌生的号码。我接通电话，问他是哪位。对方的回答，令我顿时激动不已。

他说我是椿桦。

椿桦在电话中告诉我，他最近回南都看望老同事时，才知道我找过他。他现在一家颇为畅销的文学杂志社担任编辑部主任，主导完成了这家杂志的改版工作。他说今晚请我吃饭，叙叙旧，同时也感谢我过去对他的关心与帮助。

当晚，我和乃馨在一家酒楼与椿桦见了面。在饭桌上，我将我创办《法制日报》广东版，以及想请他帮我编版的事向他作了介绍。椿桦对我表示祝贺，并爽快地答应帮我做好创刊号。

说干就干。第一期报纸的内容，主要是约广东一些司法与执法部门提供新闻信息稿，此外我和椿桦还联系老同事，弄了一些与广东有关的法制新闻。加上我事先谈好的广告和我的“出门人公司”形象宣传，内容还是挺丰富的。

接下来的问题是排版。由于没有招到专职的电脑组版员，我联系了一家电脑设计公司。由于没有报纸排版经验，该公司的组版员常常无法领悟我们的编排思路，所以，工作效率与进展受到了较大影响。

令人欣慰的是，在条件如此艰苦的环境下，我们还是按时、按质、按量地编完了广东版的创刊号。版面传到北京后，很快获得了法制日报社的审核批复，同意付印。

2000年1月28日，成为了我一生中非常重要的一个日子而留在了我的记忆深处。就在那一天，《法制日报》广东版正式创刊、出版。

和多家中央媒体一样，法制日报是通过卫星传版到南方日报印刷厂的，大多数在广东地区发行的中央级报纸都是指定在这家印刷厂印刷。28日凌晨4点55分，站在印刷机边，眼看着印有法制日报字样的广东版从印刷机上整齐有序地向我滑了过来，我快速地伸手将沾满油墨的广东版紧紧地抱在了怀里，欣喜的热泪夺眶而出。车间工人在分拣报纸的过程中，我无意间发现他们将广东版包在了主报的外面。我再一次捧起报纸，看着鲜红的“法制日报”报头下面一行模糊的小字：广东信息广告版。再往下面，是这样一行字：“今日广东12版本版在广东地区发行·法制日报社出版。”在这张报纸的中间，主编

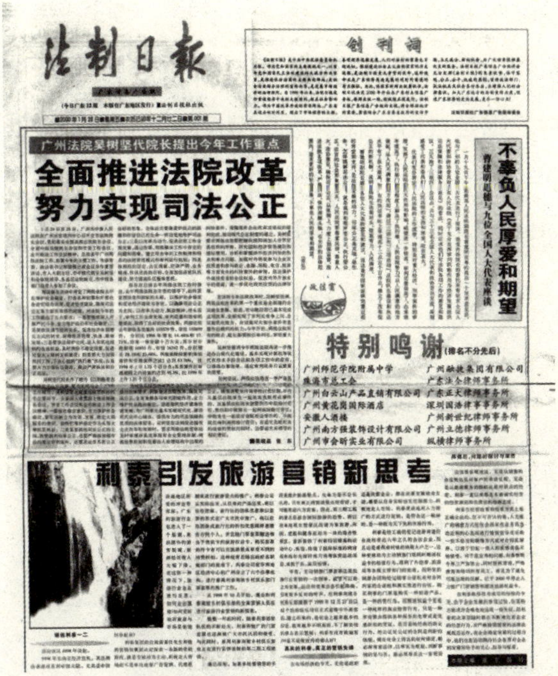

法制日报

创刊词

广州法院吴树坚代院长提出今年工作重点

全面推进法院改革
努力实现司法公正

不辜负人民厚爱和期望

曹建明题辞与九位全国人大代表座谈

特别鸣谢（排名不分先后）

广州师范学院附属中学
珠海市总工会
广州白云山产品直销有限公司
广州黄花岗国际酒店
安徽人酒楼
广州南方强装饰设计有限公司
广州市会昕实业有限公司
广州融捷集团有限公司
广东法全律师事务所
广东正大律师事务所
深圳国浩律事事务所
广州新世纪律师事务所
广州立德律师事务所
纵横律师事务所

利泰引发旅游营销新思考

2000年1月28日正式创刊的《法制日报》广东版

张东的名字赫然映入我的眼帘。

《法制日报》广东版在经历了常人无法想象的困难和挫折之后，终于问世了。这是我的创举，也是法制日报的创举。这期法制日报在广东没有投入一分钱、一个人力的情况下，就出版了四个版。这四个版将随主报一起在广东地区发行。它的出版发行，真正确立了我在广东新闻界的地位，增强了在同行中的影响力，充分展示了我的社会关系、社会交际能力、办报水平。通过版面广告收入，也向人们展示了有太多关心、支持并真正为我掏钱买单的人。

第一期报纸出来后，我请椿桦和我的女友乃馨到餐馆好好庆祝了一下。在广东版创刊初期和广东版今后的发展过程中，我们三个人始终是最亲密的战友。在我创业最艰难的初期，椿桦挺身而出，帮我编完广东版创刊号之后，他又在我的再三邀请之下，辞掉了那家待遇不错的杂志社编辑部主任职位，成为了《法制日报》广东版的第三名正式员工，第一任执行主编，也是最后一任执行主编。每一期讨论报纸内容、策划版面，他都和我心照不宣，都能在我刚想说出的话还没说完，就把已经编好的版面摆在了我的面前，每一个版面都超过我预期

■这张照片2000年1月摄于法制日报广东版第一间办公室里。站在后面的小伙子叫张小斌，现任华商报地市新闻主编。当时是河南大学中文系大四的学生，他是法制日报广东版第一位实习生。在广东版创办初期，他是和法制日报一起成长的新闻人。关于和张小斌的相识还有一段非常惊险曲折的故事。

1999年11月，我随河南省公安厅经侦总队、平顶山市公安局经侦支队一起，连夜奔赴鲁山县城郊的一所院子。在当地警方毫不知情的情况下，于次日清晨一举捣毁了一个特大非法传销团伙，当场抓获嫌犯20多人，查扣现金近200万元。待当地警方赶来的时候，现场除了带走的嫌犯和查获的现金，就只有贴着封条的现场。现场封存了大量的传销产品以及各种账本。当省、市干警带着胜利的喜悦返回到平顶山市的第二天上午，鲁山县公安局向专案组报告，昨夜封存的现场，发生了一场大火，封存之物全部烧尽。得此消息我第一时间再次赶到了鲁山县公安局，找到了分管副局长。面对我一连串的质问，这位公安局长竟然气急败坏地掏出了手枪顶住了我的胸口。这是我第一次被人用枪顶着，幸亏平顶山市公安局贾政委及时赶到。当天晚上我将此次事件编写的新闻稿交到了《平顶山日报》，负责接收稿件的就是当时在这里实习的张小斌。两个月后，他来到了广州

的满意度。

乃馨，我的女友，她是排在我之后的第二名正式员工，广州出门人文化传播有限公司兼《法制日报》广东版第一任财务主管和第一任办公室主任。在我最困难最无助的时候，是她给了我坚持下去的勇气。

在椿桦和乃馨的帮助下，不知道是我们创造了奇迹，还是法制日报创造了我们的奇迹。总之，我们三个人是《法制日报》广东版的创始人，在两年多的共事时光里，我们的命运紧密相联。

第二十章　27岁那年，我成了广东版主编

接下来的挑战将会更加严峻，面临的困难会更多，因为，广东版要发展，要壮大，要“杀开一条血路”。

《法制日报》广东版是经国家新闻总署批准，随主报在广东、海南发行的一份以刊登形象专题广告为主的地方版，不独立发行。每期报纸需上缴5000元管理费，加上印刷费和其他办公经费，大概需要15000元的费用，而我第一期的广告收入接近六万元。

挖到这“第一桶金”后，我立即想着要招兵买马，改善办公条件，拓展业务量。

《法制日报》由中央政法委主办，是中央政法委机关报。我不知道是什么原因能让我这么一个名不见经传的人，有机会和权力决定属于《法制日报》的四个版。在当时的中国，市级的党报很多都只有四个版，省级党报平时也就八个版，包括当时的广东省委机关报《南方日报》。而无论是市级、省级党报，新闻采编人员加在一起，最少都有数十个人，这还不包括后勤和通讯员。不管是市级还是省级报刊的主编，

最起码都有专车。当时，南方都市报的宋繁银刚刚提拔为副总编，据说是当时全国最年轻的副总编之一。但南方都市报不算党报，要是以党报算，我算不算最年轻的老总呢？在夜深人静的时候，我常常这样胡思乱想。但有一点可以肯定，在法制日报，在地方版的负责人当中，我是最年轻的。论级别，广东记者站的站长是副厅级，虽然我没有行政级别，但在地位上应当不比站长逊色吧？

《法制日报》广东版的面世，标志着法制日报在广东除了记者站外，又多了一个可以代表法制日报的机构。这个机构在法制日报的书面授权下，具有合法性和权威性。《法制日报》广东版每三个月都要经过国家新闻出版总署的批准，才能继续出版，每一期出版的报纸都要送一份到广东省新闻出版局备案。

在广东版出版第一期后，为了业务的正常开展，经报社同意、核准并出具书面文件，《法制日报》广东版终于有了自己的公章：《法制日报》广东版编委会。公章是权利与权力的象征，我第一次在白纸上盖下的公章印，至今还保留着。

记得为了第一期报纸，我曾一次次跑司法厅、公安厅、省高级人民法院、省检察院。我一次次说服负责宣传的宣传处长、新闻科长，而他们每次见过我之后，都会向记者站的同志打听我，询问我在干什么，询问我和法制日报是什么关系，和法制日报广东记者站又是什么关系。这些问题，肯定都会影响到我一次次奔跑的效果。

这是摆在我面前的一个极大的障碍，我必须想方设法清除掉；这是建立在我眼前的一个堡垒，我必须把它各个击破。否则，我前进的每一步都会伤痕累累。

这是不争的事实，躲不过去，我必须硬着头皮上。

我能怎么办？我该怎么办？

第二十一章　大哥的婚礼

我在冥思苦想中，选择了提前回家过春节。这一次回家，我乘坐的是飞机。从那一次开始，只要有飞机到达的地方，我绝不会再去挤火车，因为我知道了时间的宝贵，这些挤火车的时间，可以让我去做更多的事。

到机场接我的小车，是安徽省巢湖市市长的专车，随车来接机的还有一位市政府副秘书长。那时的安徽非常注重和广东的交往，将招商引资的重点放在了广东。要想招商引资自然离不开新闻宣传，而因为我有南方都市报的记者经历，自然成为他们重视的对象，也是他们眼中属于家乡的骄傲。

在巢湖市委招待所望湖宾馆仅有的几个套间里，市长亲自为我安排了一间。刚住下，巢湖市居巢区委副书记钱光荣就带着一大帮人敲响了我的房门，并带来了一大堆家乡的特产。在市委市政府和区委区政府的极力挽留和盛情邀请下，我在巢湖市住了几天。市委书记宴请完，就是市长宴请，区委书记宴请完就是区长宴请，一直到大年三十的上午，他们才用区长的专车将我送回了几十里外的老家。

就是这年春节，妈妈在她新建的小楼里娶回了她的大儿媳妇，35岁的大哥有了小他11岁的老婆，这一喜事的降临自然和我有关。

事情得从正月初二说起。天还没亮，我就听到楼下响起了“咚，咚”的敲门声，那是我初中同学高飞和他的爱人，这是他们俩来的第三趟，就是为了请我去他们家吃饭。我在上海南汇打工的时候就是高飞把我接到市区陪我去逛黄浦江和外滩，并且将我带到了他工作的电器厂宿舍。我临走时，他还为我准备了一大堆馒头，就着这堆馒头我一路吃到了广州。因此，我刚在广州站稳了脚跟，就把他叫到了广州，安排进一家酒店当保安。为此他们全家人把我当成了恩人，每年春节都会将我接到他家。而从去年开始，因为各级政府对我的轮番宴请让我无暇顾及到他的邀请，致使我对他们家的人充满歉意。好客的农村人更好面子，他们家商量好今年一定要请到我，哪怕只是请吃一次早饭。

那天清晨，天上还飘了几片雪花，在他们诚意的邀请下，我们一起步行到了相隔三里路外他们的家。勤劳的农民没有因为春节而改变了早起的习惯，一路上遇到了很多看似面熟但根本叫不出名的乡亲。因为长年在外，很少和家乡联系的我已经对老家的人十分陌生，反而和老家从未打过交道的各级领导成了朋友。这两年回乡，领导们偶尔安排警车开道，还有部分来看望我的领导小车频繁停靠在我家小楼前，时常成为十里八乡谈论的焦点，这已经远远超过了我带回去的BP机、29寸彩电……

高飞家餐桌上，摆了一桌子的糕点和点心，而且还有很多都是刚做的。做这样的点心需要花费很长时间，我生怕他们过于劳累，几次请他们休息，但高飞的家人一边加快了忙碌的速度，一边加大了说话的音量，我知道那是一种底气。我还发现门外晃过的几个身影似乎有些熟悉，面对我的疑惑，高飞笑着告诉我，那是曾经和我一起读过书的同学，他们知道我回来了都想来看看，但又不敢。他们觉得我做大官了也是他们的自豪，可又不好意思和我打交道。听完这些话，我心情骤然变得沉重了，脑海中浮现出每一次在我受到委屈的时候，那种对家的渴望，对学校的回味。我立刻建议高飞将板凳搬到了门外，我们就坐在门外说话，而此时抬头才又发现，原本飘雪的天上竟然出现了太阳。刚一坐下，我一眼就认出站在不远处的一个女孩，她是我初中的一个同学——高龙翠，她的家就在隔壁。

我热情地邀请她坐了过来，在聊天中我无意中听说她一直还没有结婚，我心头一动，小声和高飞说了几句。在中午时分，我通过手提电话向派车接我到市里的市长做了认真的解释和诚恳的检讨。中午留在了高飞家吃饭，一起吃饭的不仅有我和高飞的家人，还有高龙翠和她的父亲。

两天以后的正月初四，我大哥领着高龙翠，在高飞爱人的陪伴下去了不远的全椒县古河镇买了金耳环、金戒指、金手镯以及一些结婚必须的衣物、家具。正月初八，我大哥和高龙翠举行了婚礼。

为了好面子的母亲，我请市里和区里各派了一辆小车做为大哥用的婚车。为了拉女方陪嫁的嫁妆，我穿着一件滑雪衫，戴着一副手套，驾驶着一辆小四轮拖拉机，带领着身后的两辆小汽车，浩浩荡荡地开到了高龙翠家门前。此前一天，我开着这辆拖拉机冒雨到集镇上采购婚礼用品时受凉感冒了。当接亲的车队到达大嫂家门口，并接受女方家一些“刁难”性的礼节时，我坐在拖拉机上一边注视着围观的人群，一边小心地用纸巾擦拭因感冒而流出的眼泪。

在不经意间，我听到了村民的议论。有人说："怎么就结婚了呢？怎么一点消息都没有？"另外一个人说："人家有钱，要是你家马上就结行吗？高龙翠要什么，他们家就给什么，几天就花了好几万，腊月黄天的，你家有吗？"听到这些话我笑了，我知道总共花的钱两万还不到。哎，这些朴实的农民，听风就是雨。但接下来的话让我很是吃惊，他们竟然也知道我刚到法制日报的消息。

在村民的议论中，有人发出了质疑："花了好几万，他们家抢的呀？"另外一个人立马回答："他弟弟带回来的，前几年他弟弟用高压锅就装了好几十万回来过年，更不要说现在了。"提出质疑的人问："他弟弟来了吗？"

循着这个问话，我抬了下头。不远处站着一大排人，他们正朝着我看。

一个男人的声音传了过来："什么弟弟，不就是个开拖拉机的吗？"

话未说完，我就听到了他"咚"的一声，摔倒在地上，那是被人推的。那个推他的人在伸出手的同时说出了一串让我每次想到都会笑的话——"人家弟弟开拖拉机？人家弟弟飞机都会开，人家弟弟是中央的……"

大哥的婚礼还没结束，市里区里接我的车都到了，我不得不回去。《法制日报》广东版只出版了一期，我不知道报社的反应和态度，我更担心广东记者站那几个人的反应和态度，而我的这些担心，我不能向我的家人诉说，他们也无法体会到我的苦衷。

在大哥的婚宴现场，我最后一次端起了酒杯，全场立马安静了下来。他们都是一帮实实在在的农民，门口几辆接我的小车，并没有让我觉得有什么特别。但对于他们而言，他们的孩子嫁到了我家，就跟我成了亲戚，人都是虚荣的，他们认定我就是当官的人，最起码认定是有大本事的人，他们觉得跟我吃饭是一种光荣，是有面子的，所以我的一举一动都能引起他们的注意。我站在桌子旁，一惯能说的我还是停顿了一下，只有我知道，此时的我不仅仅只有大哥结婚的喜悦，还有内心的酸痛让我只想流泪。我想起了我的父亲，这本该是他的事，却是他最小的儿子做了。而现在的我又多么需要帮助，可环顾四周，又有谁能够帮助到我？

我是一个弟弟，但在那时我代替了一个父亲的角色开始说话：

“各位伯伯、婶婶、叔叔、阿姨，请允许我代表我的家人向你们说上几句。常言说，不开亲是两家，开了亲就是一家。我父亲不在了，我又常年在外，哥哥老实是四邻们都知道的，在此，我恳请在坐的各位看在我逝去的父亲份上，看在我这个常年在外的小弟也不容易的份上，你们要多指教、多关心我的哥哥和嫂嫂，如果他们有什么做得不好和不对的地方得罪了你们，请你们一定要多担待，不要和他们计较，等我来年回来一定向你们当面赔罪，在此，我以这杯酒表示我的诚意，我敬你们。”

说完这些话，我一饮而尽。

我端起的那杯酒，不是一个小酒杯，那个玻璃杯里装的酒足足有三两，他们都是实在的农民，只有这样的方式才能让他们感动，而事实上他们早已被感动。

谁都是父母生的，谁都有孩子，他们看到我的表现能不想起他们的孩子吗？

而我说完这席话，忍不住的泪水在眼眶里打转。他们都以为我被一大口酒呛到了，而我快速地跑到了墙角，用手扶着墙，无声的泪水怅然而下。我想念父亲，在无数个和我一样的同龄人还在赌钱，还在喝酒，还在尽情享受家的温暖时，我却就要走了。不要说这路途的遥远和艰辛，更多的千头万绪还在等着我。回去的日子，等待我的将是更加严峻的考验。

第二十二章　半天里，多次和中央部长合影

在广州白云机场，五姐林雪那台挂着空军军牌的丰田牌小轿车早已等候多时。

当我一下车走进林雪经营的黄山大酒楼，迎面而来的是一张张熟悉和不熟悉的笑脸，突然让我感觉到了一股力量。他们都是我的老乡，是我在广州的兄弟姐妹，是我的精神支柱，是一群赋予我力量，可以让我战胜困难的人。从他们的眼神中，我看到了敬重；从他们的语言里，我体会到了尊重。五姐拉着我的手骄傲地向全场宣布："欢迎我们法制日报的张大主编胜利归来！"

就是那一场酒宴让我找到了答案，找到了应对广东记者站那几位同仁的答案。我不应该像个受气包，不应该见到他们就想躲，因为躲是躲不过的。我不应该认为在法制日报我是外人，我为法制日报工作不需要经过他们同意，我有社领导签过字的任命书、委托书，上面都盖着鲜红的公章，公章上只有五个字：法

制日报社。有了报社的任命，我就是法制日报的一员，《法制日报》广东版就是一个合法的机构。这几年，通过我的努力，通过我的为人，我也结交了一帮有能力的人，我也获得了一批官员的认可，我已经有能力去维护和保障我和我创办的广东版的利益。

久违的阳光普照大地，我的眼前一片春光明媚。

2000年2月23日，《法制日报》广东版用了头版半个版的面积刊登了《法制日报》广东版创刊的祝贺名单，这些祝贺的单位包括：

广东省公安厅、广东省人民检察院、广东省司法厅、广州市人民政府办公厅、广州市国家安全局、广州市公安局、广州市人民检察院、广州市中级人民法院、广州市司法局、广州市工商局、广州市新闻出版局、广州市文化局……

足足两百多家祝贺单位。这些单位有些是在我的努力争取下表示祝贺的，有些则是看到了出版的报纸，认可了《法制日报》广东版，主动伸出了友谊之手。这些祝贺的单位大部分都是政府部门、政法机关，这些祝贺广告在这个春节前后，陆续通过贺电、传真等各种方式到达《法制日报》广东版所在的办公地点——黄华路6号，然后刊登在《法制日报》广东版第二期上。

这期祝贺广告，进一步证明《法制日报》广东版获得了广泛认可，从根本上扭转了孤立无助的被动局面，并且具有了一定的影响力。在《法制日报》广东版第二期出版的当天下午，我接到了广东省司法厅宣传处刘运才副处长主动打来的电话，强调广东省司法厅厅长王旭东看到《法制日报》广东版后，表示了高度重视，并让他向我们转达司法厅的邀请，参加“广东司法工作重建二十周年暨全省司法局长会议”。

我爽快地接受了邀请。

法制日报
广东版
珠海经济特区粤康医药有限公司
广东悦康保健品有限公司
祝大家身体健康，工作顺利！

广东人大代表赞扬法院

省委书记李长春建议新闻单位及时报道

大智大勇立大功

信宜开展“四长”接访受欢迎

纪念《中华人民共和国国家安全法》实施七周年

贯彻执行《国家安全法》全力维护社会政治稳定

热烈祝贺法制日报广东版创刊

祝贺单位（排名不分先后）

■ 《法制日报》广东版创刊后，200多家单位表示祝贺

参加这次会议的代表是省、市、县三级司法局长，还有做出一定贡献的司法所长。在会上，省司法厅宣传处主动将《法制日报》广东版的报纸放在会议材料袋里，每个代表都有一份。那一次就派发了第二期广东版950份。那是950位掌管着全省各级司法战线的人，那是我走到每个市、每个县，只要找到他们都会主动“陪同”我的人。只是一次会议，就让他们认识了张东，认可了张主编。

我沉浸在无比喜悦的心情中，一直在会场忙碌的司法厅宣传处吕如亮处长匆忙找到了我，将我带到了会场一边的会议室，同时带给了我一个更大的惊喜。

在赶往会议室的路上，我才知道专程从北京赶来参加会议的司法部副部长刘飏，看到了放在资料袋中的广东版。她主动提出接见我，在其秘书贾立群的安排下，我坐在了她的对面。刘副部长详细询问了

■ 与中央司法部副部长刘飏（左）合影

广东版的创建及出版情况。陪同会见的广东省司法厅厅长王旭东一再强调："我们特别需要广东版，我们一定会支持广东版。"会见结束时，刘副部长高兴地对王厅长等领导说："这小伙子不错，很有干劲，以后就请你们多关照了，来，让我们合个影留念。"

就在当天晚上，一个农民，一个初中生，被一个中央的部长亲自点名和她共进晚餐。在酒桌上陪同的是广东省司法厅全部厅级机关领导，而部长主动和我喝的酒最多。那一次我喝了至少一斤的白酒，这在以前从来没有过。

就是在那样的情况下，我还惦记着我的广东版，我还在担心着它的命运。我对部长充满了期待，因为她当时是分管法制日报的最高长官，如果有了她的支持，我又何惧之有？我小心翼翼向她提出，能不能再和她合个影。她立马起身走出了司法厅，和尾随而来的司法厅领导班子一起，还有陪同她一起来的司法部政治部的领导，一起来到广东省司法厅大门口，再次合影。当司法厅宣传处新闻科科长刘洪群的

法制日报 广东版

广州出门人文化传播有限公司

抓住新机遇 迎接新挑战

——在纪念广东司法行政恢复重建20周年暨全省司法局长会议上的讲话

司法工作的广东特色

先进集体名单

先进个人名单

法制日报 LEGAL DAILY 2000年3月2日

省司法厅王旭东等领导表示

我们一定支持广东版

历时两天的广东省司法行政恢复重建20周年暨全省司法局长会议于2000年2月25日在广州胜利闭幕。会议期间，本报广东版负责人张东同志，见到了专程赶来参加此次会议的司法部副部长刘㬢及主持此次会议的省司法厅王旭东厅长等领导。

在会见期间，张东同志向各位领导详细汇报了广东版的创建及出版情况。领导们认真阅读了近期出版的广东版，并对花都市交通局局长马崇斌的模范事迹系列报道给予了高度评价，对版面设计的风格给予了充分肯定。领导们强调，广东的报业发展很快，报业竞争也很激烈，作为地方版的负责人，要有一定的市场竞争意识，因地制宜，充分发挥法制日报的自身优势，积极做好地方法制宣传工作，尽可能地把广东版办好，办出特色。谈话期间，张东同志请省司法厅王旭东厅长多指导、关心、支持广东版的发展，王旭东厅长表示同意。当领导们问到"工作中遇到的困难还会不少，你们是否有信心克服"时，张东回答："有报社党委的信任，有各级领导的支持，我们完全有信心有能力把广东版办好，办出特色！"

■华 子

■会见期间，张东同志和各位领导合影留念。

各省、自治区、直辖市司法厅(局)、新疆生产建设兵团司法局、监狱局：

广东省深圳市龙岗区司法局是全国司法行政战线上的一个先进集体。该局自1993年组建以来，艰苦奋斗，团结拼搏，紧密围绕经济建设中心工作，充分履行司法行政机关职能，为当地社会稳定和经济建设，提供优质法律服务，各项工作取得突出成绩。

龙岗区司法局注重加强领导班子建设和队伍建设。局党支部一班人带头讲学习、讲政治、讲正气，形成了一个坚强有力的领导核心。他们努力提高干警的政治业务素质，教育和引导干警树立正确的世界观、人生观和价值观。通过培养和引进人才，全局在编56名人员中有44人达到大专以上文化程度，占总人数的78%，党员占总人数的53%。七年来全局无一人违法或受到党纪政纪处分。他们解放思想，锐意进取，开创了司法行政工作的新局面。律师业务稳步发展，七年来全区办结各类诉讼代理和非诉讼代理2263件，担任常年法律顾问累计1310家，办案业务年均增长7%，以良好的服务和信誉受到社会和群众的好评，在激烈的市场竞争中站稳了脚根。他们深化公证工作改革，推行量化管理和错证追究制度，不断完善公证工作激励机制和科学管理机制，以公正、廉洁、高效的优质服务争信誉、创效益，七年来共办结各类公证43021件，1997年和1999年全年突破万件大关。他们狠抓司法所规范化建设，全区10个镇的司法所全部装备电脑、复印机、传真机、车辆、手提电话和摩托车，办公条件有较大改善，条件较好的镇还实现了办公、接待(调解)、档案"三室分立"。10个镇司法所都被评为"广东省规范化建设达标司法所"，145个调委会中有117个调委会被评为"广东省规范化建设达标调委会"。他们积极贯彻司法部关于建设"148"法律服务专用电话精神，用很短的时间建立起"148"协调指挥中心，现已解答群众法律咨询3455人次，接待来访1910人次，办理各类法律援助案件112件，上门提供法律服务43人次。他们努力做好普法工作，1999年以干部学法为龙头，建立十大法制教育基地和法制讲师团，取得显著效果，干部学法、用法经验和农村普法经验在广东全省推广，在与"法轮功"邪教组织的斗争中，他们充分发挥法制宣传优势，受到党委、政府的好评。1994年龙岗区司法局被龙岗区人大评为满意单位；1995、1997年被评为深圳市司法行政系统先进集体；1996年被评为广东省基层司法所建设先进集体；1997年和1998年先后荣立集体三等功、二等功；1999年被深圳市委、市政府授予文明单位称号。

司法部关于为深圳市龙岗区司法局记集体一等功的决定

为表彰先进，司法部决定为广东省深圳市龙岗区司法局记集体一等功一次。

司法部号召全国司法行政系统广大干警向广东省深圳市龙岗区司法局学习，学习他们立足本职，爱岗敬业，无私奉献的高尚品德；学习他们扎实工作，团结协作，严格自律的工作作风。紧密团结在以江泽民同志为核心的党中央周围，高举邓小平理论伟大旗帜，为司法行政工作的改革与发展做出新的贡献！

■ 2000年3月2日出版的第三期《法制日报》广东版

相机举起的那一刻，我将《法制日报》广东版第二期报纸用双手抱着放在了我的胸前。

2000年3月2日，《法制日报》广东版第三期顺利出版。头版总共刊登了三个内容，头条发表了题为“抓住新机遇，迎接新挑战”的文章，这是司法厅王旭东厅长在纪念广东司法行政重建二十周年暨全省司法局长会议上的讲话。第二条稿是我写的一篇评论《司法工作的广东特色》。下面四分之一版的面积，刊登了“关于表彰我省司法行政机关恢复重建二十周年有突出贡献先进集体、先进个人的决定”，同时附有先进集体和先进个人名单。二版头条刊登了题为“省司法厅王旭东等领导表示，我们一定支持广东版”的消息：

“历时两天的广东省司法行政重建二十周年暨全省司法局长会议于2000年2月25日在广州胜利闭幕。会议期间，本报广东版负责人张东同志，见到了专程赶来参加此次会议的司法部副部长刘飏及主持此次会议的省司法厅王旭东等领导。

“在会见期间，张东同志向各位领导详细汇报了广东版的创建及出版情况，领导们认真阅读了近期出版的广东版，并对花都市交通局局长马荣斌的拥军事迹系列报道给予了高度评价，对版面设计的风格给予了充分肯定。领导们强调，广东的报业发展很快，报业竞争也很激烈，作为地方版的负责人，要有一定的市场竞争意识，因地制宜，充分发挥《法制日报》的自身优势，积极做好地方法制宣传工作，尽可能地把广东版办好，办出特色。谈话期间，张东同志请省司法厅王旭东厅长多指导、关心、支持广东版的发展，王旭东厅长表示同意。当领导们问到：‘工作中遇到的困难还会不少，你们是否有信心克服’时，张东回答：‘有报社党委的信任，有各级领导的的支持，我们完全有信心有能力把广东版办好，办出特色！’”

第二十三章　两个半月，出了十期报纸

广东省司法厅之行，是一个重大的转折。

我想，我能够被司法厅邀请还有一个重要理由。在此之前，广东省司法厅也有一张报纸，叫《广东法制报》，1999年国家清理了一批省属市属的报纸，《广东法制报》和《广州法制报》同时被取消。广东政法机关只有广东省公安厅还保存一份《广东公安报》，但它和司法厅毫无关系。广东司法机关的宣传工作从此失去了阵地。《法制日报》广东版的出现，给他们带来了希望。

上次那么大的会议，广东记者站的同志当然倾巢出动，全力投入。在会场上，我也时常看到他们，但我们之间根本没有任何交流。或许我们都在暗中较劲吧，有时候，无声的战争更残酷，在这场无声战争中，我认为我占了一个明显优势，那就是我手中有版面，而他们没有。

《法制日报》最多的时候也就八个版，而这八个版要服务于全国，广东这样的会议内容，《法制日报》自然很难拿出较多版面刊登。如果广东记者站的同志在第一时间知道了我要参加此次会议，并且主动和我沟通，或许广东版的性质就变了。或许广东版就变成了在他们的领导下由我负责的一个附属机构，哪怕我一次次无偿为他们提供版面，我反而都有可能对他们感恩戴德，都有可能认为这是他们对我的支持。但现在，我们完全成了两条道上的人，成了在《法制日报》的旗帜下，一条河流里涌动的两股力量。他们其实早就知道我要参加会议的消息，因为他们就在司法厅办公。他们和司法厅的关系更密切，但在我一次次的努力和坚持下，我通过我的智慧和实力感动了省司法厅的领导，最终获得了司法厅的认可。

如果说司法厅主动找我，并且在会议专版出版的次日就划拨了一笔费用给我，是因为司法厅刚刚失去宣传阵地的话，那么，刘飏副部长对我的态度，究竟是一次侥幸，还是一种必然呢？

最起码在那一次会议之后，我每周都能出版报纸。截至2000年5月10日，竟已连续出版了10期广东版。在那段时间里，我几乎没有遇到任何障碍。我至今也不明白，刘副部长为何如此看重我，但我切实感受到因为她的出现，彻底扭转了《法制日报》广东版在夹缝中生存的被动局面。

在司法厅会议专版出版的当天下午，我接到了一个电话。听到电话中一个男人的自我介绍，我懵了，那是刚刚接任法制日报广东记者站站长的邓新建。他在电话中转达了广东省高级人民法院院长吕伯涛的邀请，希望和广东版合作。

就是这个电话，让我和广东记者站冰释前嫌，老站长李汉生正式退休了。站里也就剩下邓新建和游春亮两人，而且邓新建是站长，有了他的支持，游春亮应该不会为难我。事后证明，游春亮是个好兄弟，在多年以后的一次酒会上，我们同坐在一张桌子上，通过别人的介绍我才认出他就是游春亮。我们几乎不约而同地端起了酒杯，接连碰了几次。在那一刻，我想起了一句话：这个世界上没有无缘无故的爱，也没有无缘无故的恨。我和广东记者站就算没有爱，也不至于有恨，只是各自的职责不同，对各自的工作表现出负责任的态度而已，仅此。

对于邓新建，我们至今都保持着联系。他是一个正直的人，一个标准的潮州汉子，有着潮州人特有的精明和包容。那次电话之后，他只是转达了吕伯涛院长的邀请，此后，并没有参与广东省高级人民法院专版的工作。他从未通过我的广东版发表过一篇文章，更没有从我这里获取一分钱的利益，反而时常帮助我，为我引荐一些主管宣传的官员，偶尔也会带上我参加一些私人聚会。而我只为他做过一件事，就是我听到他正着急为他的女儿选择学校，我主动找到了广州市教育局的主要领导，在局领导的亲自关心下，邓新建的女儿在2001年9月如愿进入了广州市东风东路小学就读，那是广州市排名数一数二的小学。就这一件微不足道的事情，他们夫妻俩多年来一直把我当成弟弟看待，在我结婚的时候，他们全家一起参加了我的婚礼。

2000年3月15日出版的第四期《法制日报》广东版，刊登了广东省司法厅厅长王旭东为本报的题词：

“得依法治国之天时，夺法制宣传之先声。”

3月22日出版的第五期法制日版广东版刊登了广州市司法局叶育长用书法为本报的题词：

“祝贺《法制日报》广东版首期出版宣传治国方略，服务南粤百姓。”

从法制日报第三期开始，司法机关向我们投递了大量的稿件，签订了一定数额的形象宣传广告认刊书。一直到4月5日出版的广东版第七期，我们挤出了两个版面，出版了题为“确保司法公正　维护长治久安——广东省人民法院成立50周年纪念专版”。头版下面有这样的标注：“本期协办：广东省高级人民法院　专题执行：省高院新闻办公室　本期主编：张东　执行策划：椿桦　专题摄影：陈小雅”。

2000年5月15日，在《法制日报》广东版已经整整出版了十期的特别日子里，我给总社领导的汇报材料里详细介绍了广东版在四个月的时间里所取得的成绩：截至5月15日，我们接到广东各地电话近千个，相当数量的来电是当地政府及企业领导对广东版工作的肯定和认可，他们还声明：将更多地订阅法制日报，更多地看法制日报。

在社会各界的大力支持和我们精心策划下，我们已经组织了18个形象专版，主要单位有：广东省高级人民法院、广东省司法厅、广州市检察院、阳江市公安局、新会市公安局、花都市交通局、广州会昕实业公司、安利（中国）日用品有限公司等，总共涉及到的单位近200家。

在阳江，市公安局局长江小明指示局办公室主任曾超群：“马上给每个科室、每位局领导订一份《法制日报》。”

在江门，市公安局局长李达文提醒局宣传科科长李永长：“我们订的《法制日报》太少了。”江门市分管政法的副市长王南健专门强调：“政府也要树立形象，政法机关是政府的主要职能部门，更要重视宣传，更要做广告。”

《法制日报》极具权威影响力，使得广东版很快深入到广东省各级行政机关、企事业单位及社会各阶层。值得一提的是，法制日报在广东的发行份数为27900份，而首期出版的广东版印刷份数为35000份，第二期达到40000份，第三期达到45000份……这些成绩的取得，

■ 与法制日报社副总编辑陈会礼（左）合影

是我们双方共同努力的结果，使得广东版在广东从无到有、到深入人心，我们相信有报社党委的信任和各级领导的支持，我们广东信息广告版编委会全体同仁完全有信心、有能力将广东版办好、办出特色。

2000年8月，在风光绚丽的云南丽江及大理，法制日报组织召开了全国地方版工作会议。在法制日报社社长陈应革亲自主持下，分管地方版工作的法制日报社副总编辑陈会礼向与会代表通报了各地地方版的创办与发展情况。在此次通报会上，我才得知已出版地方版的省份只有九个。地方版负责人中，年龄最大的是法制日报安徽记者站站长兼地方版主编何世建，他是法制日报的老记者，当年已经快60岁了。年龄最小的当然是我，那一年我28岁。在那次通报会上，陈副总编点名表扬了我，他对我总结了四个一：张东是加入《法制日报》地方版工作最迟的一个；年龄最小的一个；出版地方版期数最多的一个；给报社上交利润最高的一个。

在那次会议上，陈副总编也对个别省市地方版负责人提出了批评，他在批评中指出：有些地方版几年前就开始出报，但平均下来一年一期都合不到，与其这样，还不如把机会让给别人。听到这话，我冷不丁打了个寒战：也就是我无知者无畏接过了这块烫手的山芋。通过这次会议，我切身体会到地方版发展不起来的真正原因，我提醒自己不要成为众矢之的，趁着别人还没有醒悟过来，该见好就收了。我已经用成绩证明了自己。

第二十四章　难以置信掌管广东版的人是你

2000年6月的一天下午，在相隔十个月之后，我乘坐的飞机再次降落在湛江机场。走下飞机的舷梯，我随手拉开一辆宝马汽车的车门，坐了进去。

这辆车是由湛江市委一位分管政法的主要领导，在机场公安的警车带领下开到飞机跑道的，听到坐在后排的我说声“开车”，原本准备启动车辆的领导停了下来，转过脸疑惑地问我：“你们主编来了吗？”听到这句话，我恍然大悟，连忙从包里掏出卡片递了过去。

那天晚上，在湛江开发区刚刚开张的五星级酒店——银海酒店的宴会厅里，那位领导感慨万千。他在祝酒词里说道：“看到那么年轻那么瘦的你，走进我的车旁打开车门，我以为你只是个跟班的，我难以置信掌管《法制日报》广东版的人就是你……”

这种极具戏剧性的角色转换，我只用了十个月。十个月前的我在他们眼里只是个孩子，充其量只是一个小记者。而十个月后，这位领导竟然亲自开着车来接我。

在《法制日报》广东版工作期间，我几乎跑遍广东省的每一个市、县，因为《法制日报》极具影响力、权威性，我担心在一线的普通工作人员把握不住，容易给政府部门和政法机关带来不好的影响。为此，广州出门人文化传播公司的业务人员原则上只允许联系企业广告宣传，我联系好了政府及政法机关的形象宣传业务后，他们再来配合执行。因此，我每天的工作就是联系谈判、喝酒。因为招商引资力度的增强，各级政府对自身形象的提升也显得尤为重视。《法制日报》广东版的广告有一半来自于此。

2001年7月25日，《法制日报》广东版在第十二期上用三个整版的版面刊登了湛江市徐闻县专版。头版分别刊登了徐闻县委书记余堪发、县长黄强（现任云浮市委书记）对徐闻县的介绍。二、三版一个跨版的大标题：“徐闻县——闪耀在祖国大陆最南端的一颗明珠。”整个跨版，系统而全面地介绍了徐闻县的地理位置、经济发展，及独特地位优势。

在积极联系各地政府部门的同时，为了更好地保障《法制日报》广东版的出版，更好地完成报社下达的各项任务，在有限的政府形象宣传业务同时，我想方设法拓展其他领域的业务，依据《法制日报》独特的宣传法治的优势，我将目光盯在了各级政府职能部门对法治的宣传上。每个职能部门都相应地管理着当地的一批企业，这些企业都是我们很需要的广告客户，但靠我们单一的沟通效果不是十分理想，为此，我通过各种关系取得了和有关部门的联系，并通过发文件和组织专门临时机构的方式，增加《法制日报》广东版的业务。

2001年9月3日，广东省药品监督管理局联合《法制日报》广东版发出了粤药管函〔2001〕109号，标题为：关于参加“宣传新修订

《药品管理法》暨‘反误导、打虚假’整治药品市场”活动声援函。这份文件经广东省属的所有地级市转发给了各药品生产、经营企业及医疗单位。这份文件明确提出：从4月份开始，由省药品监督管理局联合《法制日报》广东版开辟的《法眼看市场——来自药品监督的一线报道》专栏，在社会上引起了一定的反响。为进一步贯彻国务院办公厅《转发国务院体改办等部门关于整顿和规范药品市场的意见的通知》（国办发〔2001〕17号）中关于“反误导、打虚假”的精神，“法眼看市场”专栏组将于9月份开始，在全省范围内开展大规模“宣传新修订《药品管理法》暨‘反误导、打虚假’整治药品市场”活动，并推出全省各级药品监督管理系统打假系列特刊。

为了更好地执行广东省药品监督管理局的文件通知精神，《法制日报》广东版专门创办了《法眼看市场——来自药品监督的一线报道》专栏，并联合广东省药品监督管理局成立了“反误导，打虚假，整治药品市场专项组委会”，广东省药品监督管理局局长陈元胜和我同时担任组委会的负责人，药监局相关处室负责人和《法制日报》广东版工作人员作为组委会的成员分别负责相关市县及企业。

2002年初，广东省民政厅发出了粤民福字〔2002〕9号文件通知：广州、深圳、各地级市及顺德市民政局，为配合我省殡改工作的宣传，贯彻落实好《殡葬管理条例》，积极引导人民群众崇尚文明，促进殡葬改革积极健康发展，在《殡葬管理条例》颁布五周年之际，我厅联合《法制日报》广东版开展系列宣传活动……

在法制日报工作期间，我走访到了广东省的每一个市和大部分县，结交了一大帮朋友，其中最主要是各地的党委政法委书记、公安局长、法院院长、检察院院长、司法局局长……这些朋友的帮助，使得我在广东的工作如鱼得水。

从那时起，我似乎已经淡忘了远在几千里外的乡村，淡忘了我站在堂哥面前的窘迫，淡忘了上海火车站广场那个被人踢醒的瘦弱青年……

我真的淡忘了吗？

我能忘记得了吗？

2002年，《法制日报》广东版经过了四次搬迁，最终将办公地点固定在广州市广州大道北五号大院空军广州天河干休所五层。

在广州空军司令部首长的关心下，干休所为我们提供了半层楼的面积，作为《法制日报》广东版的办公场地。这时我们的人员已经扩大到40多人。我们不仅有了自己的公司——广州出门人文化传播有限公司，我们不仅有了自己的报纸——《法制日报》广东版，我们还成为了两家新闻单位的派出机构：2001年12月29日，华夏时报社正式任命我为华夏时报广东记者站站长；2002年4月9日，由法制日报社主办的法制与新闻杂志社任命我为法制与新闻广东工作站站长。同时我还兼任了多家公司的形象宣传顾问、法律顾问，经常协助同城媒体策划一些新闻专题……

第二十五章　忐忑不安，心安理得

随着我经营的广州出门人文化传播有限公司业务的不断扩大，《法制日报》广东版影响力的不断增强，我个人的社会认知度也急剧上升。在广州市恒福路五姐林雪刚刚迁移过来的黄山大酒楼里，我几乎每天晚上都在那里吃饭。不是被别人宴请，就是替别人宴请领导，经常一个晚上酒店里连着的几个包厢都是我的客人，我也因此在黄山大酒楼结识了大量的老乡和朋友。我的手机号码也成了老乡和朋友们的热线电话：孩子上学，亲人就业，企业遇到工商、税务问题，他们都会来找我。只要是能帮得上忙的，我都会不遗余力地努力去做。

在安徽省巢湖市广东乡友联谊会的成立大会上，来自于广东各地近千名老乡济济一堂。在主席台上就坐的除了巢湖市委书记、巢湖市长，以及辖内的县区主要领导外，还有来自于广东的广州市原副市长赖竹岩、广州日报报业集团张德安社长、广东融捷集团管理有限公司

■ 时任广州市委宣传部副部长张德安（右四）、广东融捷管理集团有限公司总裁吕向阳（右三）、时任保利药业董事长张明宝（右五）等在主席台上就坐

吕向阳总裁、保利药业董事长张明宝、中国质量报广东工作站站长林雪，其中还有我。

在那次老乡会上，我代表老乡做了一次发言。发言的主题我用了八个字：“忐忑不安，心安理得。”我在发言中说到，“看到台下坐着的各位老乡，我忐忑不安，因为无论是从年龄、职位、财力还是能力，我和太多的老乡根本没法比，所以我坐在主席台上忐忑不安。但要是从对家乡的热爱，对家乡的付出，对家乡招商引资的宣传支持力度来讲，我可以心安理得地坐在这里。”当然，我能有今天，离不开各位的支持与错爱。

在那次老乡会上，新当选的七位副会长里包括吕向阳、张明宝，还有我，林雪当选为巢湖广东乡友联谊会秘书长。

第二十六章　憾时光易逝，幸记忆美丽

坐在空军天河干休所的套间办公室里，我将端起抿了一小口的茶杯轻轻放下，随手在秘书递来的一份报告上签上了自己的名字。

在秘书离开，轻轻带起房门的同时，我转过了身，眺望着不远处空军天河干休所的大门，门口有两个全副武装的战士在持枪站岗。看了许久，我轻轻打开房门，走廊上一排排红色的招牌映入眼帘：新闻采访部、专题策划部、广告信息部、外联公关部、财务审计部、综合办公室……看着这一张张招牌，我的思绪像插上了翅膀，飞向了更高更远的地方。

现在的《法制日报》广东版，再也不是我当年拿着委托书和任命书回到广州时，连买张办公桌都要挑了又挑的时候，先进的设备、一流的人才、宽敞的办公条件、高涨的士气，样样都预示着《法制日报》广东版的辉煌，样样都预示着有一个更加辉煌的前景正在降临。

然而，天不遂人愿，根据国家政策的调整，《法制日报》、《经济日报》以及《中国青年报》等多家中央级报刊必须停止出版地方版。接到《法制日报》广东版停刊的消息，我没有意外，更没有慌张，我已经足够强大，已经有了太多的事情等着我去做，我已经来不及留恋。

但我又怎能没有留恋？

2002年9月2日，最后一期的《法制日报》广东版刊登了我的署名文章：

憾时光易逝 幸记忆美丽

1. 从第一眼感受妻子逐渐隆起的肚子开始，到今天，女儿张洋已经足足九个整月了。过去的每一天对于我来说，几乎都是在一种不安、担忧和激动中度过的——不安的是，妻子腹中的胎儿能否发育良好；担忧的是，如何能够给孩子一个正常成长的空间。胡思乱想中预测着孩子以后可能会经历的一切，比如：能否正常出世？会不会被人抢走？当然，过去的日子给予我更多的是激动，是初为人父的自豪，因为孩子是我的！

2. 因为孩子，妻子经历了一场从未有过的疼痛，不过这种疼痛过后，换来更多的是看着孩子一天天长大的幸福，我也同样在经历和感受着这种疼痛和幸福。女人能生孩子，男人同样也能。只不过，男人的孩子是事业，我今天的孩子就是——《法制日报》广东版！

3. 从1999年8月10日，我第一次去北京，到1999年12月6日收到批文和任命书；从2000年1月28日《法制日报》广东版首期正

■ 我在《法制日报》广东版接待前台

式出版，到现在，三年时间，1000多个日夜，每一天，我都在告诫自己：要做好，做稳，做大。三年来，《法制日报》广东版从无到有，从弱到强，从最初的一个人到现在的四十多人，其间凝聚了许多个和我一样的“父母”所付出的心血。特别是曾经和我一起工作过的同事：汪春华、乃馨、万江雪、章宁旦……值得一提的还有在《法制日报》广东版成长的过程中一些给予过支持和指导的政法机关领导及企业负责人。此时此刻，我内心充满了对他们深深的感激和眷恋。

4. 因为法制日报社工作调整需要，近期，我的工作也可能会有变动，这是我从决定创办《法制日报》广东版的第一天就有的预感，这种感觉一直伴随着我走到了今天。孩子大了，总要离开父母的，虽然亲情难舍，但只要孩子平安，就是做父母最大的心愿。此时，我唯一可以留给她的，便是深深祝福。

5. 办了三年《法制日报》广东版，做了五年的记者，遇到最不想写也最难写的文章，可能就是这一篇，所以通篇文章充溢着有关眷恋的情绪和词眼儿。我常常想，如果生命中最美好的记忆对人生有深刻价值的话，那么首先我要感谢我自己曾经选择了《法制日报》广东版，因为这样一次不同寻常的选择，张东个体本身的价值似乎得到了某种证明，我以为。

憾时光易逝，幸记忆美丽。一起再为广东版的美好前途祈祷如何？

随着这篇文章的发表，历时两年八个月的《法制日报》广东版，结束了它短暂的历程。

无论是当年的《经济快报》，还是现在的《法制日报》广东版，

■ 我在《法制日报》广东版办公一角

每一次的突然停刊对任何人而言，都应该是一次劫难，这种没有任何征兆的结局令人措手不及。无论是《经济快报》还是《法制日报》广东版，它都在当时成为了我的一份事业，说停就停了。不要说投入的精力和资本，对已经和正在建立的业务关系，都是一种重大损失。就是在情感上，也一时让人难以接受，更何况是说没了就没了，哪怕是一个公司的普通员工，听说公司要裁员都会惊慌失措，面对公司的解雇通知，都有可能失魂落魄很多天。更不用说我，一次又一次地承受这样的结局。这样的结局对我而言，肯定是一种不幸，但为什么我一再强调我是幸运的呢？

直到此时我才明白，从一来广州我就深深地认识到我只是一个农民，只要能在广州攒够在老家盖一栋房子的钱就算是万幸了。有了房子就能娶到媳妇，就能去掉压在我母亲心头的一块心病。当我一想到在经济快报已经赚到了的五十多万元钱，面对《经济快报》的停刊，我用了不到一天的时间，就在痛苦中坚强地走了出来。我觉得这是上天过于厚待我，我已经很庆幸了。而面对《法制日报》广东版的停刊，面对我创办的企业已经具有的规模，我更能接受这个现实，更不会痛苦和抱怨，《法制日报》广东版只要多存在一天，那也是上天多赐予我的。

我没有理由抱怨，我应该坦然面对，更应该怀着一颗感恩的心迎接未来。

第二十七章　我生命中的女人

《法制日报》广东版停刊那一年我30岁，算是立了业，并且有了自己的女儿——张洋，这个名字是她妈妈取的，是她妈妈对我经常的提醒，她担心我个性张扬，容易吃亏。事实也确实如此。而原本关于这个名字还有一个笑话：在孩子没有出世前，我曾经和她调侃地说道：“要是生个女儿就随你姓，姓袁，叫袁亮。”我的本意是没有生出儿子她要取得我原谅，而如果生了儿子当然随我姓，叫张狂，当然这是夫妻之间调侃的话，不足为凭。

通过这段调侃，应该能感受到我和我的妻子是相爱的。我爱她，时至今日我始终认为那是我一生中唯一的一次爱，她是我唯一爱过的女人；时至今日即使在我和她分开了六年之后，我还依然坚持她是我生命中最爱的人，是我一生中挚爱的女人，至死！

和袁芳的初次相识其实是在1998年，我刚到南方都市报，当时她的领导王建军是我经济快报的同事，但我在经济快报时根本不认识他。在我去南方都市报不久后才知道，已经有好几个经济快报的人加入了南方都市报，只不过都是在广告部，后来加入的我自然成为他们新的话题。

在一个下午，我被一位热情的女同事马志洁拉到了广告部，她用夸张的口气向大家描述了我在经济快报的一些“丰功伟绩”。我曾经的同事、后来的妻子、现在孩子的妈妈，当时就在那里。她的出现让我相信了眼缘，相信了一见钟情，相信了她就是我梦中要找的那个人，那个让我渴望用心呵护一辈子的女人。我确切地记得我看到她的第一眼，我内心的惶恐与忐忑，紧张与羞涩，但她却是那样落落大方地向我伸出了手，简洁明了地告诉我：“我是袁芳（本名为化名）。”我定下神来，匆忙地扫了她一眼，飘逸的长发、宽平的肩膀、高挑的身材，略显消瘦但神采飞扬。

那一年袁芳不是我追求的女孩，因为我当时有了兰芬，因为我很快离开了南方都市报，但我和袁芳也时常保持着联系。她偶尔会打通我的电话，我也会兴高采烈地按照她的指示托人帮她去买火车票，替她和她的朋友办理去深圳的边防通行证。偶尔一帮老同事们相聚也会碰上一两次，但由于她们是广告人员，我一直从事新闻采编工作，这样聚会的机会很少。

2000年12月底的一天晚上，在南方体育上班的乃馨和我开了一个玩笑，乃馨知道我喜欢袁芳，她当时正在袁芳的身边，因为其他的一件事情说完后，她随口说道：“你的老情人在中国大酒店参加秋秋的生日，你要不要来？”听完乃馨的话我恶作剧地打通了袁芳的电话，装作充满深情地说：“亲爱的，我想你了。”在嘈杂的音乐声中她大声地向我发出了邀请，我去了，当时乃馨还在。但我直到今天都感到奇怪的是她全然不顾乃馨的存在，牵着我的手介绍给在场的每一个人。

夜深人静，曲终人散时，在中国大酒店的门口，在打开的出租车门前，她再次向我发出了邀请：“下个月6号我从深圳回来，一帮姐妹小聚，你也参加。”看着出租车远去的后车灯，我的心头点燃了一线期望。

2001年1月6日晚，安徽广东乡友联谊会在位于广州市广州大道中的黄山大酒楼举行。平常我肯定是最后一拨走，不仅这个酒店是我五姐林雪开的，我要帮她招呼客人还有来的老乡们，还因为来的人里有太多我认识的领导和朋友。但是那天晚上，我一直心不在焉，在十点钟左右我拨通了袁芳的电话，明显听到她家里朋友热闹的交谈声，听到我的声音，她在电话中跟我简单地说了一句，“待会打给你。”

只是在今夜，只因为这个等待，彻底改变了我和乃馨的命运。

我和乃馨相识于1995年的夏天，我还在融捷公司上班，因为我是负责行政的，在一个中午休息的时候，我闲逛到区庄立交桥下面，这里离我办公的穗丰大厦仅几百米远，我来看一下前两天制订的一块铜牌是否已经做好。就在那里，我遇到了乃馨，她当时是一家酒楼的会计，也是做了一块招牌，而且这两块招牌都已经做好，店主已经去拿了。在等待的过程中，我们相互攀谈起来，并交换了电话。

平心而论，乃馨长得也算漂亮，但不是我喜欢的那种类型。拿到招牌后我们随意打了声招呼就分离了。

几天后的一个晚上，我正在和同事打扑克，听到了BP机的呼叫声，我抽空回复过去才知道是她。她说她想见我，感觉到她哀求的声音，我叫了另外一个同事，一起走到了广州动物园的正门，她就站在那里等我。她工作的那家酒楼就在附近，我们的宿舍也是。见到我们两个人，她显得极为局促，于是，我让同事先回去了。这时候我才看到她稍微放松了一些，那天晚上我才知道她是因为逃离男朋友的纠缠来到了广州，没想到当晚还是被她从老家赶来的男友找到，并且将她暴打了一顿。

听到这里，我才发现在路灯下她隆起的左眼，一种男人的本能让我不由商量地带着她赶往了医院。做了简单的包扎后，我将她带回了公司的女生宿舍住了下来。后来几天，我和同事们一起帮她做了分析并陪着她见到了她的男朋友，明显地感觉那个男人是个无赖，为了她的安全，也是为了帮助弱者，同事们一起帮她安排进了我们公司刚刚投资开业的一家长青藤自酿啤酒娱乐城，位于广州市下塘西路。

或许是为了感恩，在工作之余她经常过来帮我们同宿舍的人洗衣服。即使她后来自己找到了新的工作，也依然时常过来关心我。在我离开融捷单独租起了房子后，她也自然搬了过来。

我当时并不知道我们之间的感情是不是相爱，但我知道她是真心待我好，她为我做饭洗衣服。在我任何不高兴的时候，她都会胆战心惊地呆在一边，但只要我给她一个微笑，她都会快乐很多天。

就是她，让我知道了福田公司，知道了传销，让我在经济快报创办了《传销透视》。

就是她，在我屈辱地离开南方都市报时，一次次笑着哄我“不干了就不干了，有啥了不起的……”

就是她，知道我创办了《法制日报》广东版的消息，将自己积攒多年的积蓄全部拿了出来，和我一起购置办公设备，帮我付房租，付印刷厂的印刷费……

乃馨是我的亲人，这是她跟我说的。她说：“如果你和我的老公同时病了，我首先想去照顾的人一定是你，因为我是和你多年患难与共过来的。”

即使她这样待我，我也没有爱上过她，我相信她也不是爱我，否则她也不会说出上面那样的话。

但这一辈子我都是亏欠她的，虽然我一直在补偿，一直在照顾她，但她也在同样照顾我，在关心我，在我任何时候需要帮助的时候，刚刚挂断电话就有可能马上看到她匆匆赶来的身影。直到今天依然如此，我相信以后也是，无论是她还是我。

在《法制日报》广东版走向了正轨，正需要专业管理人才的时候，我想到了在《法制日报》广东版和广州出门人公司同时担任财务总监的她，通过时任南方都市报主办的南方体育杂志社总经理的袁芳，将她安排到了南方体育广告部做广告业务。之所以这样做基于两个原因，一是她从未在新闻单位呆过，更不要说管理经验；二是我希望能和她分开。在南方体育工作期间，她依然兼任着我的财务总监，直到现在，我们当初一起创办的广州出门人文化传播公司依然由她掌管。

在2001年元旦来临之前，我已经和乃馨谈好了分手，只是我还没有找好租住的房子，依然还和她住在一起。

2001年1月6日的深夜，我一边等待着袁芳的电话，一边从天河立交走到了杨箕村乃馨的住处。在客厅里铺好的被褥上我沉沉睡去。但就在我刚刚睡去，枕头旁的手机响了起来，那是袁芳打来的，她在电话中依然只跟我说了一句："过来吧。"挂断电话我还看了一下时间，还没过十二点，不算太晚。但当我敲响袁芳家房门的时候已近凌晨一点，在今夜的凌晨之前，从我跨出乃馨的房门那一刻起，我和乃馨也应该算是走了六年的爱情结束了。1月7日的凌晨到来之际，我走进了袁芳的家，成了她的男友，并很快成为了她的丈夫，她孩子的父亲。无独有偶的是，我和袁芳的婚姻，也只是维持了六年。我不知道这是天意还是上天对我的报应。

在和乃馨前，我还有过一个女友，是在遥远的安徽省全椒县，她叫唐巧儿（本名为化名）。

和唐巧儿的认识要追溯到1990年的4月15日，那是一个深夜，在全椒县城东中学的操场边，我从不远的建筑工地上走到这里闲逛，隐约中听到一群高谈阔论的声音，我悄悄地走了过去，发现说话最多，谈得最好的是一个叫“巧儿”的女孩。那是我从在场的同伴口中听到的名字。从谈话中我还得知他们是一帮小学、初中的同学，在场的基本上都是这个学校的学生。城东中学是个职业学校，这个学校的学生毕业后基本上都能进入柴油机厂做工人，这和中专有着本质的区别。在当时的社会体系里中专是国家包分配的，而且是干部编制，但职业学校只是培养技术工人，学生毕业后由学校向用人单位推荐。

即使这样的学校也让他们拥有着像大学生一样“天之骄子”的思想。他们敢于想象敢于追求，他们在现场热烈的讨论深深感染着我，虽然我脚上的解放鞋沾满水泥砂浆，虽然我多日没洗的头发散发着馊味。但是我和他们年龄相当，我内心也有着一份狂热，因为一个话题，我在无意中参与了进来，而且现场产生了只有我和唐巧儿之间的“对峙”，讨论结束的时候我们互留了名字和地址。几天后我收到了她寄来的第一封信，地址是滁州市天长县职业财会中专班。我是一个农民，一个建筑工，一个农村户口的初中生，而她毕业以后至少也有个城市户口，有相对固定的单位，而且她的专业注定是坐“办公室”的。在农村人的眼里，能坐“办公室”就是做官。她能当我是朋友吗？出于礼貌，我还是给她写了回信。写回信时用的是没有带横杠的白纸，一行字下来一会“上山”，一会“下山”。这封信也成了她后来经常笑话我的把柄，她们在学校任何一个女孩收到一封男孩子寄来的信，都会引起一番哄抢。当我写的那封信在一帮女孩子手中被撕开了以后，她的脸红了，面对着那一行行不规则的字，她准备把它撕碎。是另外一个女生的坚持又让她感受到了一份自豪，因为不规则的字里行间里描绘了一幅诗情画意般的画面，体现了作者对命运的不屈不挠。

从那一天起我们彼此都在等待，等待每天都可能收到的信。不久在她写给我的信里，我第一次收到了一个女孩给我写的诗："四月的花絮不变/等待你的心不改/在今天和明天的旅程上/我有你需要的时间和爱。"

那一年的冬天我从安徽省宿州市看完亲戚后坐火车到滁州市，又乘坐长途汽车抵达了天长，赶到了她的学校。在那一年元旦的前夜，窗外飘着雪花，我们在她的教室里相拥到天明。那时的我们不懂也舍不得掏钱去住旅馆，又舍不得分开，所以我们选择了待在教室的决定，这样的决定导致了我们第二天都感冒了，但就是这样，在那三天里我们成了世界上最快乐的人。虽然我们只在街边的小摊上吃过一顿饭，虽然我们只是看了一场电影，我还记得电影的名字叫《痴情鸳鸯》。

1991年1月2日一早在天长县汽车站，在一辆即将发动的汽车前，她将夹着一支钢笔的笔记本递给了我。在我抽开钢笔的同时，我发现扉页上写着一行字："相见了却相思梦/离别是为了寻找价值/让我们在异域共谱事业与爱情/今天和明天的交响曲。"

那年暑假结束她中专毕业，通过在滁州地区公安处担任副处长的表哥关系，她被分配到了全椒县城东炼油厂担任出纳。她工作后拿到了第一个月工资就请假赶到了我的老家，将钱交给我的父亲，父亲当天就用这笔钱上街买了两头小猪。她用第二个月工资为我在服装店做了一件当时流行的西装。那时虽然相隔两地，但我们每月还是能够见面，和很多人相比我们还算是幸运的。那时我们已经相恋了四年但从来没有提过结婚，这并不代表我们存有二心，我们坚信彼此是深深相爱的。只是我们心里都知道，我们拿什么结婚？

初到广州，我在增城的小厂里努力工作也是因为有了她这个精神支柱，她在信中常常叮嘱我“广州很复杂，但你要时刻保持清醒的头脑，你没有资本学坏，你只有唯一一条拼搏的路，因为我还在家等你，等你和我一起有能力建造一个稳定和谐的家……”随着时间的推移，我们之间的联系渐渐少了，或许是因为我的忙碌导致了她在某一天写给我的信中这样说道：“从那一年的四月，盛开的花，直到今日，五年的雨雪浇灌，我们的爱情之花依然未能结果，我们的等待是否太长并且遥遥无期。我累了，我想你也是……”

那一年春节回家我们见了最后一面，是我去的全椒县，只有那一次我没有进入她租住的小屋，我们约好了在她的厂门口见面，然后一起在城外的路上漫无目的地走，小县城的路灯很少，而且是在郊区，天很黑，还刮着很大的风，在刺骨的风中，她大声地唱着一首当时非常流行的《牵手》。那天晚上，虽然天很黑，但我们没有牵手，并且当晚分别时连“再见”的话都没说。

那是我的初恋，那是我们彼此真心投入的五年恋情，被那一夜凛冽的风吹散了，飘向了我们再也寻找不到的地方。

第二十八章　那一年的我生活在梦里

2001年对我而言是喜事不断的一年，在那一年，上天似乎分外地眷顾我，恨不得将人间的所有幸福都降临于我。

1月7日凌晨随着袁芳打开的屋门，我有了家，有了一个在广州的家，这个家是真正属于我，属于我和袁芳的，虽然这套房子是袁芳买的，但这并不能否认什么。

1月22日，在春节来临之前，我将袁芳领回了老家，领到了母亲的面前。和以往完全不同的是，从第一眼见到这个女孩，我就产生了一种奢望，奢望有一天我能将她娶进家门，成为我的妻子。无论在此之前我经历了多少女人，但袁芳一定是我唯一想娶的，我对天发誓，如有半句瞎话，天打五雷轰。

4月22日，我花了153000元买了一辆日产小汽车，从那一天起我有了自己的第一台车。

5月和7月，袁芳陪着我一起在安徽巢湖和广州分别领到了两个“红本本”，一本是鲜红的结婚证书，一本是朱红的户口本。结婚证书标志着袁芳有了一个可以保护她的男人，标志着我有了一个需要去承担责任的女人。户口对于现在的年轻人来说只是一个户籍，但当年的我，因为袁芳购置的房屋配送的城市户口指标，使得我能够在7月的一天拿到了一张新的身份证，身份证上的地址从原先的安徽省巢湖市司集乡化肥厂，变成了广州市番禺区丽江花园康城居恒康阁2栋706房。我的名字也上了同样地址的户口本上，只是那时的户主栏上的名字是袁芳，但那又何妨，正因为这个名字才使得我成为了一个真正的城市人，成为了广州人，那是我从一个农民工到主人公的一次重要角色转换。

5月16日，广州最高档的酒店之一，中国首批白金酒店，超五星级的广州花园酒店国际宴会中心高朋满座，在觥筹交错间掀起一浪又一浪欢乐的笑声；在通往宴会中心长长的过道上，一排专业演奏者忘我地演奏着一首首喜气洋洋的乐曲；走廊的另外一侧络绎不绝赶来参加婚礼的人群穿过一幅用金边镶嵌着的红幅，上面写着：张袁联姻。那是我和袁芳的婚礼现场，那是属于我和袁芳的盛会，在很多参加过那场婚礼的老乡朋友们的记忆里，那是一场真正堪称空前的盛会——至少对我和袁芳而言。

11月30日清晨，我拿着相机对着刚刚推进产房的妻子，拍到了几张充满着幸福的笑脸，包括袁芳用手掀掉自己的衣服露出隆起的肚子。只是在一瞬间，她用尽了全部的力气抓着我的手，在我刚想给她擦去脸上滚落的汗珠时，医生的手中已经托起了一个婴儿，那是我们的孩子。坚强的袁芳也通过那样一种方式证明了她的强大，在那样一个特殊的环境里，在一个原本属于女人最为痛苦的分娩过程中，我没有看到一滴泪水，没有听到一声惊叫，有的只是在最短的时间里，她似乎想要拧断握在手中的我的手。从进产房到出产房好像只是短短的一瞬间，我们的命运就此更加紧密地联系在了一起，今生今世无论怎样的变化都难以撇清。

这一年我有了房，有了车，有了妻子和孩子，有了当年无数人向往的城市户口，同时也有了事业的蓬勃发展。

那一年的我似乎生活在梦里。

丽江花园位于广州市番禺区洛溪新城，记忆中当年是全国十大明星楼盘，当年南方都市报的八位主要领导有六位居住于此，包括总编辑程益中，总经理喻华峰，副总编辑庄慎之、陈朝华、夏逸陶、宋繁银等。当年他们都是“天之骄子”，都是在一离开高校后就分配到了南方日报，过着稳定的衣食无忧的生活。而我一个流浪到广东的打工仔，不仅住到这里成了城市人，而且还在曾经和以后和他们两度成为了同事，历时五年。

熟话说，不是冤家不聚头，这话似乎是在很早就预言着我和袁芳之间的恩恩怨怨。似乎是在一夜之间我们相爱了，几乎是在一夜之后，一贯视事业为生命的袁芳一脸温情地站到了程益中的面前，坚决地请求程益中将她从南方都市报深圳办事处调回广州，理由是她要结婚了。得知这个没有任何征兆的消息，我想象当时的程益中应该是认为自己听错了，袁芳是他手下非常能干的一个广告管理人员。当程益中确信袁芳要结婚的消息，他好像冲着袁芳说了一句话：“张东必有过人之处。”包括在一次闲谈中有人提到了我的出身，程益中也说过，“有一天有人告诉我，张东在哪里当公安局长，我一点都不吃惊。”

爱情是甜蜜的。从那一天起，每一个周一的清晨阳光还未升起，我和袁芳一起手牵着手，从丽江花园来到了广州东站，送她坐上去深圳上班的火车。和袁芳分手后，在去办公室上班的路上，我又开始了甜蜜的回忆，回忆每一个周末，我们在一起的点点滴滴。那时的每个星期三，都是被我俩喻为黑色的，因为每周的星期三，都是我俩最难熬的。于是，偶尔的时候，我会在星期三赶到深圳，去看望我思念的爱人。

有一天中午，在深圳市八卦二路的一间湘菜馆里，正在吃饭的我听到了袁芳自言自语说出的一句话，“看着你能吃，我很幸福。”我猛一抬头，看到她充满幸福的眼神在深情凝望着我。我疑惑地问道：“我能吃和你的幸福有什么关系？”她冲我舒心地一笑，答道：“你能吃，说明你很健康，我就不用担心。”听她说出这样的话，我又向服务员要了一碗饭。看着已经放在桌子边我吃完饭的三个碗，她又诡异地冲着我笑了一下，再次说道：“我俩是从7号开始的，要是你能吃7碗，我就嫁给你。”

那一天，那家湘菜馆的服务员一边盯着我有意堆起来的七个碗，一边看着我俩手牵着手相依着离去。

那一年还在深圳工作的袁芳，只能在结婚前一天回到广州。在那一段时间里，南方都市报在深圳第一次遭受了全面封杀，南方都市报在这个严峻的事实面前，所有人将全部精力都集中在如何面对和处理这个问题上，但我们既定的婚礼也要正常举行。

5月7日深夜，正在睡梦中的我俩被床头的电话铃声惊醒，当天我和袁芳刚从安徽领完结婚证回来，电话是袁芳的父亲打来的，他算好了日子并坚持将日期定在了5月16日。而离这个日子只有短短的十天不到。善解人意的老人在电话中理解我们的难处，所以特别在电话里嘱咐，“你们也不小了，工作又忙，不用大操大办，简单摆几桌就行了，明天我和你妈还有姐姐就过来帮你们张罗……”。

5月9日，袁芳的爸爸妈妈及姐姐满怀着对我的期望再次来到了广州，为我们操办婚礼。虽然他们的操办只能是帮我们布置新房，但我的家人和他们比起来让我十分惭愧。

5月16日的婚礼，我的母亲带着二姐在5月15日下午乘坐火车到达了广州东站，乘坐着她儿子开来的刚买的小汽车来到了我们的新房，她俩是我们家派出的代表。到家之后，因为晕车，在岳父的坚持下她们睡进了另外一间卧房，一睡就是到16日的上午，而那一天晚上袁芳的父母和姐姐都挤睡在客厅里。袁芳的父母坚持要求我俩需要休息好，依然要我们睡在主卧房，我们也没再坚持，因为太多的事情需要我们去处理。

根据和花园酒店的协议，在结婚的当天晚上，花园酒店方面提供一套婚房供一对新人入住。

16日一早袁芳的家人就全部住进了那里，而她女儿买的房子就交给了我的母亲，这套房子原本和我的母亲毫不相干，现在却成了她儿子的新房，自然由她坐镇。

2001年5月16日，我觉得确实是神奇的一天。送亲的车队缓缓驶离花园酒店大门时，天上飘起了小雨，但当车辆到达新房的楼下时，雨停了。作为伴娘的五姐林雪，大声呵斥着我："别把新娘的婚纱弄脏了！快来把新娘子抱上去！你走了狗屎运，还不抓紧表现……"

从花园酒店赶往新房的路上，在滚滚的车流中，我从车里扭过头，身后是八辆奔驰、宝马组成的车队，尾随在最后的是我的助理开着我买的小车，但那辆车却是我最想看到的。我不是一个商人，所以我买不起好车，"车不好，但足以抵挡风雨。"在很多个夜晚，袁芳一次次轻声地鼓励我，"我不怕你贫穷，只要你很努力，我相信你是一只潜力股。"

是的，我应该成为一只潜力股，从1998年开始，袁芳就加入了南方都市报广告部，负责重要广告客户的开拓、经营与管理，一直到现在，什么样的老板她没见过？

1999年她就购买了自己的第一套住房，在南方都市报那一批购房的人当中，她当时购买的房子还算是好的。直到今天，我都不明白她为什么会看上我，而且还嫁给了我。

为了那一场婚礼更加有喜庆的气氛，袁芳在朋友的帮助下从星海音乐学院请了八个小提琴手，安排在花园酒店国际宴会中心的一边。对面一排长桌子四周，《法制日报》广东版的几名员工正在紧张地忙碌着。站在桌子后面的还有袁芳和我的家人，他们在迎接着一个个前来贺喜的亲朋好友。我的好兄弟、广州电视台记者安勇，扛着摄像机指挥着另外几台摄像机和照相机在现场进行拍摄。

当婚礼进行曲奏响起，花园酒店国际会议中心的两扇大门在两边门童的手中缓缓打开，我和袁芳肩并着肩，手挽着手，踏着脚下的红地毯在两旁亲人和朋友的呐喊声中缓缓走向主席台，聚光灯下新娘新郎被众人簇拥着走到了主席台前，绽放的礼花和欢笑在空中回荡。

在婚宴的主桌上就坐的有广州市副市长林元和、广东省委办公厅副主任（正厅级巡视员）张光发、安徽省人民政府驻广州办事处主任朱传发、广东省高级人民法院常务副院长李琦、法制日报社地方版部主任李郁、法制日报广东记者站站长邓新建、武警广东边防总队宣传处处长卢敏、广东省公安厅宣传处副处长何伟河、中国质量报广东工作站站长林雪、广房集团董事长张金秀、广东融捷集团总裁吕向阳、悦康药业集团总裁于伟仕、白云山制药厂营销公司总经理李艳华以及新郎新娘的家人。

按照袁芳爸爸定的日子，婚礼如期举行了，南方都市报在这个时候受到了深圳的全面封杀，作为深圳办事处负责人之一的袁芳自然不

■ 我与时任广州市副市长林元和（左）在婚礼现场合影

能袖手旁观。在婚礼的前一天，她才从深圳赶回广州，双方在广州都没有亲戚，也就没有可以帮忙的人，婚礼的筹备自然也就落到了我一个人身上，但即使这样我也是幸福的，因为我即将迎娶的是我梦中奢望的新娘。

按照我拟定的名单，《法制日报》广东版在那几天全面投入了老板的婚礼当中，所有的员工脸上带着喜悦跑前跑后，原以为叫上一帮最好的兄弟，摆上几桌就可以了，但一数减了又减的名单竟然还有200位。在那一天晚上的婚礼上，我内心充满着感激，我可以肯定地说名单上的每一个人都到场了，中途还加了两张桌子，其中还不包括因为突然传来的一个消息，刚刚到达婚礼现场的程益中及一批南方都市报的高管匆匆离去。

在喜庆的乐曲声中，担任婚礼主持的广东省公安厅宣传处副处长何伟河，广州市公安局美女警察、广州电视台羊城警视节目主持人王华，大步走上了花园酒店在婚礼现场搭建的舞台，宣布婚礼开始。

由于我的父亲早已过世，巧合的是广东省委办公厅副主任张光发远在美国的儿子也叫张东，因此当我向他提出代表男方讲话时，他欣然应允。面对着众多的亲朋好友，他深情说道："此张东非彼张东，在我的眼里他一样是我的晚辈，是我骄傲的孩子。他一个人远离家乡，靠做泥水工赚来的钱，来到这座陌生的城市。一路打拼，从一个默默无闻的增城塑料厂的小工、融捷集团公司的员工，到南方都市报的记者、法制日报的主编、出门人公司的老板，此中艰辛我们不难想象。通过张东一个人的操办，我看到了这样一个盛大的婚礼场面，我看到有这么多高级别的领导，我为我的小老乡感到自豪，感到骄傲。从某种意义上说，这是一个人的婚礼，这是一个农民工的婚礼，但我却发现好像广州的名流，至少是安徽在广州的名流基本上都到了。这需要具有一种怎样的能量才能够做到？这是一种怎样的付出才能够成就今晚的现场？我知道张东今天的成就不是偶然的，是因为在座的各位关心与帮助的结果。在此请允许我代表他和他的家人向各位的到来表示热烈的欢迎，对你们为张东所做的一切表示衷心的感谢。"

听着主席台上张主任抑扬顿挫、满怀情深的讲话，我的眼眶早已湿润，我明显地感觉到挽着我胳膊的妻子将我的胳膊紧了又紧，将抓着我的手握了又握，在那一刻我们紧贴着的不是身体，是心，在那一刻我们紧握着的不是手，是一种无声的庄严承诺：在一起，永不分离。

第二十九章　我爱我的女儿

婚后的生活是和谐的、幸福的，婚后的我和她好像脱胎换骨，每一天睡到自然醒，一连几天我们都有可能不去办公室。家是一个多么稳定、安静、放松的地方。我拼搏了这么多年想要的不就是这些吗？我没有很多钱，但和很多人相比，我已经不少了，并且还有一大帮人在帮我干活，帮我赚钱，我还有公司，还有报社，还有记者站。我不需要那么拼命，不应该那么累，我应该去好好享受，和我心爱的女人。我们每天参加各种朋友的各种聚会，听音乐看演出，开着自己的车，接受着各地的邀请，过着像神仙一样的日子。按照妻子的话说，趁着孩子还未降临，好好享受一下。

出生在西安的妻子延续了黄土地的粗犷与豪迈，骨子里充满着正直与理性，但小生命的出现，不仅没有影响到我们的生活，反而让我们的生活更加甜蜜。一贯在别人眼中女强人形象的妻子从那一刻起变得更加柔情，每一个动作都充满着母性。在产房里没有流过一滴眼泪的袁芳，因为刚出生的小生命出现生理性黄疸而需要进行蓝光治疗，她一有机会就躲过看护她的家人，不顾产后可能被冷风感染的后果，站在保温房的门口守候着她的小生命。小生命在保温房里多呆一天，她就会多哭几次，而产后是不能哭的，陕西医学院毕业的她应该懂。

当然孩子是健康的、聪明的，在我的记忆中，她从来没有过无理哭闹，肆意撒野，这一点像她的母亲。从一岁多开始，她就表现出少有的冷静和理性。在她一岁多稍微懂事的时候，只要我们晚上下班回来，她就会跳到我们的床上，和我们嬉闹。但不管是我还是她妈妈，只要说到睡觉，她就立刻停止玩耍的动作，爬下床叫着“奶奶”，回到奶奶的房间。经常在她还没有睡觉的时候，因为工作或者其他应酬的原因，我们需要出去，聪明的她只要看到妈妈去提包就会靠在妈妈的腿上不愿意妈妈离开，这时我和袁芳就会问她“爸爸妈妈出去干啥？”，她不情愿地回答：“工作。”“工作是为了啥？”她降低了声音回答：“赚钱。”我们又问她：“赚钱干吗呢？”这时她经常会站直了腰认真地回答：“给奶奶买菜，给我上幼儿园。”说到这里，她会委屈地站在一边，看着我们打开了屋门，有时候我们在回头看她一眼的时候，也会发现泪水在她的眼眶里打转，但从来没有发出过声音。

我是贫穷家庭出身，也是一个贫穷的孩子。直到今天也不是十分富有，但足以具备富足的生活。在我们的生活越来越好的同时，我没有忘记艰苦。我要我的孩子从小就懂得自力更生，靠自己的双手去做事，靠自己的思想去做人。

两岁多的张洋喜欢画画和剪纸，我们经常带她去南方都市报附近的万佳商场画沙画，回来后她会按照她的意愿，将画用剪刀剪成她想要的形状。很多次我坐在沙发上看报纸，听到她的叫声“爸爸，帮我拿瓶胶水”，“爸爸，帮我拿把剪刀”。我扭头看去，她正低着头在不停地忙活着，我没有吭声，继续看报纸，一边看报的同时，一边用眼角打量着她的举动，她在喊了几声没有我的应答之后，在房间里转了半圈，然后移动着凳子爬到凳子上，在较高的柜子上取下了剪刀。那是她奶奶刻意放上去的，生怕她不小心剪破了手，但我不会阻止，事实证明她也没有一次剪破过手。在她拿到东西后继续玩，我偶尔会蹲在她身边看着，看到身边的我，她头也不抬地问我：“爸爸，我刚才叫你，你没听到吗？”我反问：“你叫我什么了？”“我叫你帮我拿把剪刀啊。”我又问道：“你叫我的时候，用‘请’了吗？不说‘请’是一个不礼貌的小孩，别人就不愿意帮助你，还有剪刀和胶水重吗？”她说：“不重。”

这个时候我会轻轻地把她拉到身边，抱在怀里另一只手轻抚她的头发，轻声细语地教导她：“孩子，你要记住爸爸的话，自己能做的事一定要自己做，不要依赖别人，别人也有别人的事，别人也需要帮助。你应该做一个多去帮助别人的人。”孩子似懂非懂地点头，在后来的日子里，她确实很少叫我帮她拿东西，更多的是我经常看到她一边喘着气一边抱着奶奶买来的菜，我很欣慰。

我发自内心地说，我很爱我的女儿，很爱。虽然因为某些原因导致我已经好几年都没见过她，但她没有一刻消失在我的脑海里，她每分每秒都存在我的记忆里，这是一份无法割舍的亲情。

2002年对于《法制日报》广东版的停刊，虽然是在没有任何征兆的前提下出现的，我依然没有感到意外。从创办《法制日报》广东版的第一天起，我就一直在等着这一天的到来，和经济快报所不同的是，我现在有了家，有了妻子和孩子，我几乎已经将全部的精力和注意力放在了她们身上。再说，我还有公司，还有两个记者站，在《法制日报》广东版正式停刊的当天，我召开了一次全体员工大会，在大会上我将全体员工的工作重新做了调整和部署，就陪着妻子带着小孩去了远方旅游。

第三十章　高官身边的我

2003年4月，我接到了时任华夏时报社地方管理部主任石世雄的电话，他在电话中要求我在最短的时间里能够为报社组织一批宣传费用。那一段时间“非典”盛行，人心惶惶，没有特别的事情人们很少出门。华夏时报的广告收入骤减，这不是一家两家报社出现的现象。得知报社面对的困难，我没有任何犹豫，在最短的时间里我说服了广东省残联的领导。在残联宣传处的帮助下，我拿到了广东省残联向全省发出的一份文件：关于华夏时报广东记者站在全省开展宣传报道活动的通知。拿到了广东省装饰材料行业协会文件（粤饰材〔2003〕27号）：关于在《华夏时报》联合创办“装饰材料专版”的通知。拿到这两个文件，我在后来几个月的时间里几乎再一次跑遍了全省的每一个市进行新闻采访、专题策划与报导。

从2003年5月份开始，由我采写的一篇篇专版专题报道相继在《华夏时报》上发表：5月15日，《让残缺

用爱心在残缺的琴弦上弹奏动人的乐曲

——广州市残疾人工作侧记

康复——

教育——

就业——

呵护——

信息化——

宣传——

文体——

15 年努力硕果累累，百尺竿头更望新目标

广东：推动残疾人康复事业全面持续发展

副省长李容根指出：提前三年实现人人享有康复服务

本报记者 张东 薛玲 实习记者 曾相光 通讯员 张永安

在近日召开的广东省第三次残疾人康复工作会议上，广东省副省长李容根指出：要以政府为主导，加大残疾人康复资金的投入，采取有力措施，提前3年即到2012年，实现全省残疾人"人人享有康复服务"的目标，该目标比国家提出的2015年早3年。

李容根认为，经过多年努力，全省已初步形成了与市场经济体制相适应的康复服务网络体系，逐步走出了一条与现代化相适应的现代康复道路。珠江三角洲地区残疾人事业正朝着率先基本实现现代化的目标迈进。因此广东完全有可能提前3年实现残疾人"人人享有康复服务"目标。

15 年夯实基础　未来 10 年展望

康复成果 数字回放

★35 万残疾人得到康复服务

●20 万白内障患者重见光明

●2 万低视力患者走出朦胧世界

●5 千聋儿接受听力言语训练开口说话

●7 万重症精神病患者得到监护和治疗康复

●1 万名智力残疾儿童、2 千名脑瘫儿童、3 万肢体残疾患者得到教育康复和功能训练

●1 万多名缺肢患者和肢残人装配假肢或矫形器

★30 万件残疾人用品用具供应残疾人

编后语：康复是残疾人工作领域中的一项重要内容，实践证明，绝大多数残疾人可以通过康复较好地恢复或补偿功能，提高生活自理能力和社会适应能力。它可以使残疾人的生活状况得到进一步改善，使他们有更多的机会同健全人一样平等地参与社会生活和国家建设，共享社会物质文明和精神文明建设成果。广东省的残疾人康复工作，在过去的10多年里已经取得了不俗的成绩。这次会议又提出新的计划即提前3年实现残疾人"人人享有康复服务"的目标，而且提出了具体可行、具有很强操作性的措施和办法，这充分体现了广东省委、省政府对残疾人事业以及残疾人康复事业的高度重视。广东不仅经济发展走在全国的前列，残疾人事业也走在了全国的前列。我们相信广东省提出的目标一定能够如期实现。

■ 2003年5月，我采写的一系列专题报道相继发表在《华夏时报》上

■ 我与全国政协副主席邓朴方（左）合影

■ 我与中央委员、中国残联党组书记王新宪（左）合影

■ 我与时任中国残联理事长汤小泉（右）合影

■ 我与广东省副省长李容根（右）合影

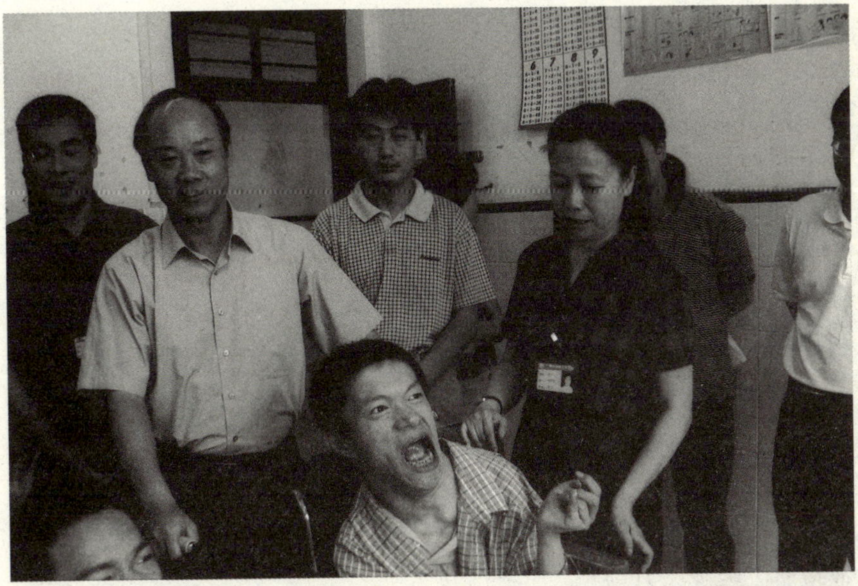

■ 我陪同广州市副市长苏泽群（前左一）视察安养院

■ 我与深圳市副市长张思平（左）合影

的天空依然蔚蓝——访广东省残疾人联合会理事长郭德勤》、《以人为本，彰显社会新风尚——广东肇庆市残联创建工作纪实》；5月19日，专题跨版《用爱心在残缺的琴弦上弹奏动人的乐曲——广州市残疾人工作侧记》；6月3日，《让关爱之花在粤北山区灿烂绽放——广东省清远市残联工作纪实》；6月24日，《广东：推动残疾人康复事业全面持续发展》；7月5日跨版《扬起残疾人事业的风帆　驶向更远更壮丽的彼岸——记发展中的广东省湛江市残疾人事业》；8月16日跨版《推进残疾人事业　勇攀新高再创业》等，以及广州白云山制药厂、广东省中山市好世界有限公司等企业投放的广告。报社在很短的时间里收到了来自广东的形象宣传广告费几十万元，在短时间内极大地缓解了经济压力。

在华夏时报工作期间，我还有幸多次采访到了中国残联主席邓朴方，中央委员、中国残联党组书记王新宪，中国残联理事长汤小泉等中央、省部级领导。

第三十一章　在南都最危难时刻，我回来了

2003年6月20日，国务院颁布第381号令，《城市生活无着的流浪乞讨人员救助管理办法》自2003年8月1日起施行，同时废止1982年5月国务院发布的《城市流浪乞讨人员收容遣送办法》。

这两项法律的颁布与废除，有人传言和《南方都市报》的一篇报道也有关。

2003年4月25日，《南方都市报》以《被收容者孙志刚之死》为题，客观、公正报道了湖北青年孙志刚因为没有暂住证在广州被收容致死的黑幕。因为这篇报道，广州市23名有关责任人员受到党纪政纪处分。6月27日，广东省高级人民法院对孙志刚被故意伤害致死案作出终审判决，除主犯被判死刑外，其他11名案犯分别被判死缓无期或有期徒刑，还有6名涉案渎职人员被判刑2—3年。

按照外界的猜测，可能是因为这篇报道，给南方都市报招惹了一场灭顶之灾。2004年前后的南方都市

报人心惶惶，南方都市报大楼风雨飘摇。

2004年1月，南方都市报原总经理喻华峰被正式羁押和逮捕。最终被判刑八年；在未通知南方日报任何人的情况下，南方日报原调研员、协助分管南方都市报的李民英被带走，最终被判刑六年。

就是从这年的一月份开始，广州市多个部门联合对南方都市报进行大规模清查活动。

其间南方都市报的主要领导层经过了检察机关的多次询问乃至拘留，南方都市报大量广告财务人员被问话。

在南方都市报最危难的时候，我在报社领导的邀请下毅然决然地回来了。为了回到南都，我主动地将已经创办几年的华夏时报广东记者站、法制与新闻广东工作站办理了注销手续，将出门人公司转名给了别人。从我回来的那一天起，南方都市报有了一个新的部门——南方都市报公共事务部，我成了这个部门的第一任主任。在我走后，主任的位置至今好像还空缺。

2004年1月3日，我再次成为了南方都市报的员工。上任伊始，我首先以最快的速度了解到报社目前面临的最严重的问题在哪。

2004年1月17日中午，在广州市恒福路新的黄山大酒楼黄山厅里，聚集了以安徽人或安徽籍为主的在广东工作的十几位厅局级干部，只摆一张大台会显得宽敞的包间里一下子放进了两张大台，包间明显显得拥挤。在另外一帮老乡的陪伴下，以春节的名义，我组织了这次聚会。

按照老家的规矩，酒过三巡之后，我看了一眼坐在一旁满脸愁容的南方都市报主编程益中和行政总监魏东，心情沉重但面带微笑地对着全场嘉宾端起了一个装了足有半斤五粮液的酒杯，在场的人们停止了说话，静静地看着我，我饱含着热情，缓缓说道：“感谢各位领导的光临，在我过去的成长历程中，因为在座的各位给予了热情的关怀和无私的帮助，才成就了我的今天，才让我有机会、有能力成为你们欣赏的人。你们过去对我的帮助是无私的，这源于你们对我的认可，今天我很荣幸地请到了南方都市报总编辑程益中、行政总监魏东，因为他们，请允许我以一个新的身份——南方都市报公共事务部主任的身份，和他俩一起给大家敬酒，期望在我加入到南方都市报后，您们能像关心以前的我一样关心现在的我，关心我现在服务的南方都市报。在此，我仅以这杯酒向大家表达我的诚意。”一口喝完后，我似乎看到了程益中眼中闪烁的泪花。

那一次酒会是我精心组织的一次聚会，是因为当时广东省委的一名主要领导也是安徽人。参加那一次聚会的很多领导和他也熟，我希望在我今后的工作中能够通过这些领导和他说上话。事实上，我很快就和他说上了话，并且陪同在他的身后长达七天时间。

2004年3月23日，安徽省党政代表团在省委书记王太华、省长王金山的率领下，来到了广州。在广州花园酒店国际宴会中心举行了一次盛大的联谊会。在广东省委办公厅副主任张光发的帮助下，我以南方报业传媒集团记者的名义，争取到了随团采访的名额。这一次安徽党政代表团从广州出发，一路走访了广东省的七个发达城市，历时七天。代表广东省委的就是那位老乡。在为数极少的广东省随团记者中，我是唯一的一个安徽老乡。

为了接近那位老乡，我找到了安徽省委副书记张平（现任国家发展与改革委员会主任），他也参加了此次代表团。我第一次见到张书记，是他2002年上半年来广州参加安徽省政府组织的一次招商活动，我以《法制日报》广东版主编的身份在他下榻的广州流花宾馆拜访过他，在那次招商期间，我用《法制日报》广东版一个版的版面，刊登

■ 我与全国人大副委员长张平（左）合影

了安徽省有关招商引资方面的新闻。

在张平副书记的帮助下，我多次找到了那位老乡，我特别难忘的是在东莞的一次饭桌上，我走上前去向他敬酒，当时和我一起的还有我叫来的南方都市报东莞记者站的站长。看到端着酒杯走来的我，那位老乡也笑着站了起来和我打招呼。当看到我递给他的卡片时，他立刻勃然大怒，挥手就让我走。这是他第一次也是唯一的一次冲我发火，在没到南方都市报前我和他也有过接触，但知道分量不够，所以才想到了请张书记帮忙，没想到结果是这样。

虽然那一次他是发了火，但很快地我又和他见了面，就南方都市报的事情还和他谈了几次，但有些东西也并不是靠一个人或一次见面能改变的。

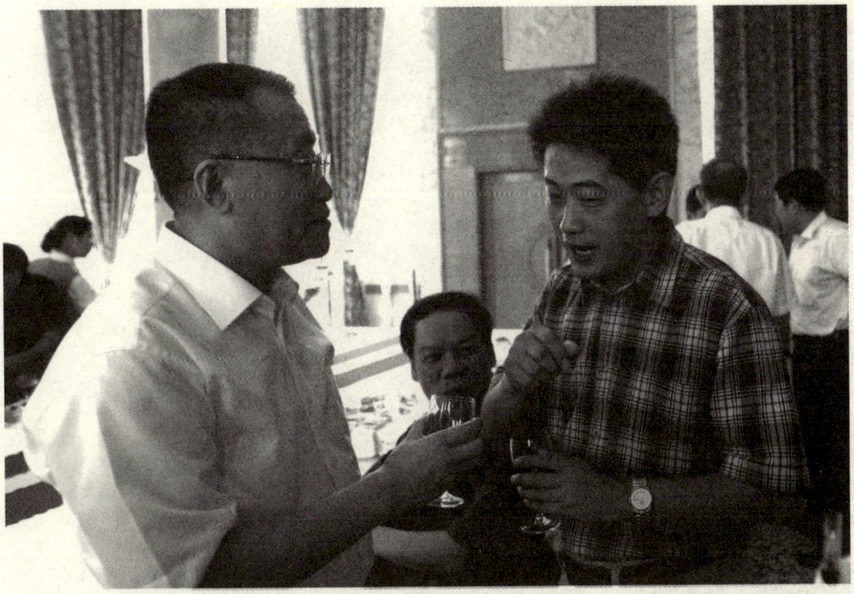

■ 我与时任安徽省省长王金山（左一）合影

■ 我与安徽省省长王金山（中）、省委常委宣传部部长藏世凯（左一）、安徽省政府秘书长张俊（右一）、南方都市报副总编辑宋繁银（左二）等人合影

■2007年我受邀参加皖西北经贸洽谈会时与安徽省政协主席杨多良（左）合影

■2005年我受邀参加广东省经贸考察团时与安徽省委常委、常务副省长任海深（左）合影

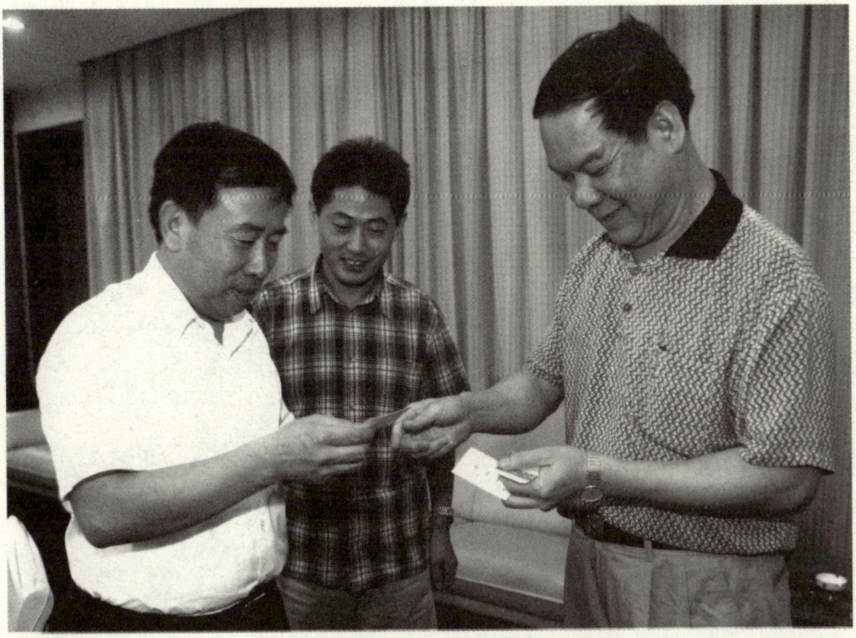

■ 时任安徽省委常委、芜湖市委书记詹夏来（左一）接受我的采访

■ 2005年我受邀参加广东省经贸考察团时与安徽省副省长赵树丛（右）合影

■2007年我受邀参加皖西北经贸洽谈会时与安徽省副省长文海英（左）合影

■时任安徽省阜阳市委书记胡连松（中右）接受我的采访

2004年8月10日，安徽省委书记王太华亲笔批示的明传电报发往了安徽省辖属的每个市，“南方日报报业集团新闻采访团来到我省采访，各有关市要热烈欢迎，热情接待，如实汇报情况。”

这促成南方报业组织了以南方日报、南方周末、南方都市报、21世纪经济报道、新京报等南方报业传媒集团所属的五家报纸前往安徽。基于我和张平副书记的那次谈话，一天晚上在他的房间里，我以一种充满乡情的口吻向他建议：我们老是到其他省，有没有必要请其他省的人也到我们那里去看看，特别是新闻单位，我们每到一处，都要介绍我们省的情况。为什么不想办法让其他省的新闻媒体深入到我们的第一线，通过他们的笔向其他省传达我们所取得的成绩和面临的问题……听到我的建议，当时也分管宣传的张副书记十分高兴，立即嘱咐站在一边的秘书高义，要和我保持联系。

在和高义经过多次协商后，我将一份《走出广东看安徽》的申请报告交给了时任南方日报报业集团副总编辑、南方都市报总编辑王春芙的手里。

2004年8月10日，在安徽省人民政府驻广州办事处主任朱丹、办公室主任王守法的陪同下，南方日报报业集团新闻采访团在集团副总编辑王春芙的带领下浩浩荡荡抵达了安徽。8月11日上午，安徽省省长王金山、安徽省委常委宣传部长臧世凯等省领导，在安徽省稻香楼宾馆亲切接见了采访团一行，并在中午举行了盛大的欢迎宴会，安徽省委宣传部、安徽省外宣办、安徽日报报业集团、安徽电视台等领导陪同参加了接见，并在宴会上和南方日报报业集团进行了深入的交流。次日的安徽省各大媒体也相继刊发了此次会面的消息。宴会结束后，省长王金山、省委常委宣传部长臧世凯亲自陪同客人走出了稻香楼宾馆主楼的大门，将客人全部送上了专车。等客人乘坐的车辆离去，省领导才离开。

接下来的七天，采访团连续走了八个市。每到一处，欢迎晚宴都有当地的市委书记主持、常委宣传部长作陪，第二天午宴都是市长和几个副市长一起为我们饯行。在离开安徽回来的路上，采访团成员之一、南方都市报记者李银发出了内心的感慨：这么多年我见过的市委书记、市长还没有这几天多……

采访团回到广州后，通过所属的报纸连续刊发了近30个整版的采访报道。当我在王金山省长的办公室里将刊发后的文章一篇篇交给省长时，在座的领导们都请我向南方日报报业集团表达诚挚的谢意。从那一天起我也走进了安徽省领导们的眼里，成为了他们的朋友，成为了他们在南方日报报业集团的代言人。

第三十二章　史玉柱：屡败屡战，还算年轻

2004年9月的一天晚上，在广州恒福路黄山大酒店最大的黄山厅里，聚集了一大帮安徽老乡，酒兴正酣时，从另外一个包间里进来敬酒的一位安徽怀远老乡张弟刚一走到桌子前，看到迎面坐着的一位客人，惊讶地大叫一声："史玉柱！"

■ 2014年9月与广东省地税局稽查局专职纪检监察专员张弟（左）合影

没错！史玉柱——从巨人汉卡到巨人大厦，从脑白金到黄金搭档的创始人，一位在商界充满传奇色彩

■ 在广州花园酒店，我和史玉柱再次握别

的领军人物！史玉柱和这位进来敬酒的老乡张弟是初中校友，虽然他已记不清楚张弟的名字和模样，但他乡遇故知，他还是很高兴地站了起来，端起酒杯。在那次饭桌上，他并没有说太多话，更多的时候，是一支接一支地抽烟。

那一次和史玉柱见面，是他专程从美国飞到广州。因为巨人大厦，当时的史玉柱成为全国最大的新闻点之一。他在商界的每一个动作，都有可能成为人们关注的焦点。此次与我见面，也是因为一个新闻事件。在那晚的饭桌上，我相信他感受更多的是老乡们对他的关心。他很平静地坐在那里，回答了老乡们提出的任何问题。偶尔，也会说出一些感慨的话语。针对他当时面临的困难，他很认真地面对着我说出了一句话：“我是屡败屡战，当然还算年轻……”

■ 我与全国政协副主席霍英东（左）合影

第二天中午，在他下榻的广州花园酒店，我们吃过饭后，再次合影留念，并互道珍重。

那是我和史玉柱唯一的一次频繁接触，但给我留下了极其深刻的印象。无论现在的史玉柱多么风光，当时的他却让我深切感受到他正承受着常人无法想象的压力。因为我有幸和他近距离的接触，更因为也是他的老乡，我从心里深深地替他祈祷，为他祝福！

无独有偶的是在几天之后，我见到更加传奇的一位人物——全国政协副主席霍英东。在商界、在政界，他所处的位置已不需要我来解说。但我在他身边看到的三件事情，让我终身难忘，受益无穷！

在一位重要领导的帮助下，我于9月的一天上午，赶到广州南沙，这里是霍老先生眼中的梦想天国。按照日程安排，在警卫人员的簇拥下，我尾随此后，跟随着他上了天后宫。天后宫到顶的距离有好几层楼高，中间要穿过很狭窄的地方。已经82岁高龄的霍老先生，在没有任何人员的搀扶下，一路稳稳当当地登上塔顶。因为道路狭窄，工作人员都留在了塔下。只有我跟在他后面，登上了塔顶。

站在塔顶上，他环顾四周，极目远眺，眼睛里放射出炯炯有神的目光，但始终没有说一句话。我站在一边，自然也不敢打断他的思绪。我只是默默注视着眼前的这位老人，我不敢相信能如此近距离地靠近他，并且只有我一人站在这位伟人的身边。我的心中充满自豪。

这是霍老先生差不多连续十年来养成的习惯。在十年里，每一个周四，不管他身处何方，面临多么重要的事情，他都会尽可能地赶到南沙主持公司例会，有时间的话都会到南沙的各个地方转上一圈。

视察完一个船厂，所有的人走向停在门口的车队。霍老先生在准备上车的同时，又突然折返身，走向厂门口，小心翼翼地拿起靠在墙上的一把折叠椅子，用手折叠了几下，口中自言自语地说了几句话。然后好像放心地将椅子放下，重返到车上。坐在车队的前导车里，我小心地问刚才紧跟着霍老先生身边的警卫人员，我想知道当时的霍老先生在说什么。而那位警卫人员的回答让我大吃一惊！在吃惊的同时，让我更加震撼，更加感动！

那把椅子是保安值班的时候坐的。因为长时间放在门口，风吹雨淋，显得破旧不堪。就这么一把靠在墙边的椅子，竟然引起了霍老先生的注意。他一边摸着椅子，一边自言自语地说道："是不是坏了？会不会摔跤……"

中午我们是在食堂吃的饭，因为那天我是唯一的一位客人，所以又一次和霍老先生单独坐在了一张桌子上。中饭是自助式的，只有四个菜。当我将第一盘装好的菜放在霍老先生的面前时，他微笑着冲我摆了摆手，用普通话说道："谢谢，我自己来！"就在他坐下来吃饭的时候，又一件微小的事情，同样震撼着我！

霍老先生端来的盘子里装着饭，和我正常吃的量差不多，但菜却装的很少。我看到最多的是菜心。或许是岁月不饶人，他在夹菜的时候将一颗菜心掉在了桌子上。我在第一时间抽出了几张纸巾，准备捡走。但没想到的是，霍老先生依然微笑着用拿着筷子的手向我摆了摆，然后再次用筷子把那颗菜心夹起，放进了嘴里。

现代社会，物欲横流，自认为成功的企业家不计其数。他们如何生活，如何关心员工，我不知道。但我认为他们大多数人的经历、财力、地位，是无法和霍老先生相比。我期望他们能从霍老先生的身上，悟出一些做人做事的道理，吸取一些管理经验，使之更好地完善自己，完善企业的管理行为。

在霍老先生身边短短一天的所见所闻，让我悟出一个道理：一个人之所以成为别人眼中的伟人，是因为他有着比常人更平常的行为，比平凡人更平凡的思想！

第三十三章　南都十年，我为她服务了五年

2005年是南方都市报创刊八年的日子，在广州军区体育馆，在几千人的南方都市报同事面前，我站在聚光灯下的舞台上，手捧着奖杯看着奖杯，上刻着的几个字：无可奈何奖，获奖单位：公共事务部。盯着“无可奈何奖”这几个字，我抬起了头，回想起这一年多我所做的一切，回想起这一年多我喝下的无数杯的酒，心潮澎湃，感慨万千，所有的语言只凝结成了一句获奖感言：同志们，今后你们咽不下去的酒，由我来喝！你们说不出口的话，由我来讲！

成立初期的公共事务部，虽说几乎是我在孤军奋战，但也算取得了一些成绩，无论是服务、协助处理来自于采编、广告、发行部门的事务性、突发性事件，还是为了报社的利益帮助广告客户进行危机公关。除此之外，本部门还独立策划、统筹、实施了2004年广州地区通讯员联谊会。出席本次活动的500多名嘉宾，基本上都是来自于各级党政机关分管宣传的领导，负责宣

传的宣传处长、新闻科长。组织南方日报报业集团新闻采访团深入安徽当地开展“走出广东看安徽”系列活动（此举入围2004年集团十大事件）；南方日报报业集团的领导与广东省司法厅常务副厅长何铭清共同主持番禺监狱阅报栏启动仪式；在番禺监狱举办李明英书法作品

走出广东看安徽
南方报人
坚持以人为本 培养造就人才
——集团抓职工队伍建设纪实
本集团记者采访团赴皖采访交流
集团将举行社庆55周年庆祝活动
南方日报记者追寻伟人的故事

■ 2004年，我在南方都市报公共事务部时策划组织的“走出广东看安徽”系列活动

■ 广东省委副书记蔡东士等多位领导专程参加南方日报报业集团南方书画院作品、藏品展

展；邀请广东省委几位主要领导出席南方日报报业集团南方书画院作品、藏品展；代表报社在安徽省绩溪县筹建由南方都市报全体员工捐款的南都希望小学（此举入围2005年集团十大事件）等。

通过这些工作的开展，完全可以证明公共事务部是一个具有政治高度、注重社会影响、善于整体统筹、强化服务意识、高层关系广泛的部门。

这次回来南都，我在南都整整工作了四年，从2004年到2008年。在此之前，南方都市报已经从一张默默无闻的小报发展成了一张极具影响力的大报。“办中国最好的报纸”已经成了报社全体员工努力的目标。在经历了一场劫难之后，南方都市报发展的速度更快，南方都市报员工的凝聚力更强，南方都市报的责任感更重，南方都市报的认知度更高。

我很庆幸成为这张报纸发展的见证者、参与者。我很在乎南都，很为做一名南都人而自豪。在南都总共工作了五年，在这五年里，我没做过一件有损南都利益的事，没说过一句有违南都宗旨的话，在报社和政府高层的关系协调、沟通政法机关、工商、税务、城管等方面做了一定的工作。南方都市报发展十年，我已经为她服务了五年，南都的中高层领导很多都是当年的创业者，我应该也算其中的一个。他们是我十年前就共事过的同事、战友，是曾经患难与共的兄弟、姐妹。虽然期间并不是以我愿意的方式离开过，但在南都最危难的时候，我依然选择了回来。虽然我的回来在根本上没有改变南都的命运，平心而论，我尽力了。事实证明我对南都的认识不是一份工作，甚至不是一份事业，而是我渴望的属于我追求的人生价值。

第三十四章　离婚，离职

2006年，在我身上发生了两件大事。

由于婚后我们住在丽江花园离报社很远，我很心疼长期奔波的妻子不能及时休息。于是我花了近100万元在报社西面的一栋大厦购买了一套一百多平方米的住宅，这样我和她每天就可以牵着手一起去同栋楼里上班，一起回家吃饭休息。

但就是那一年，我们离婚了。走出广州市越秀区民政局的大门是2006年的8月8日下午三点四十一分，从那一刻起我们从恩爱的夫妻变成了最熟悉的陌生人。这是我一生中做得最错的一件事，这是我一生中犯下的一件最不可饶恕的罪，我对不起她，伤害了她。

曾经，我多么渴望有家，家中有个我爱的女人；曾经，我多么奢望能和她相守一生；也是曾经，我亲手拆散了我们好不容易建立起来的家；但还是曾经，我亲手撕碎了属于我还有她的梦。自己酿下的苦果自己品尝，从那一刻起我就失去了欢乐，也从来没再快乐过。直到今天，在无数个梦中醒来，拭去眼角渗出的泪水，我口中依然默念着她的名字还有我的张洋。每一年她的生日到来的前夜，我都会发一条祝福的信息给她，我都期盼着能为她再过一次生日。但是过去的不仅仅是梦，也是残酷的现实，真实地存在于我和她的生活中。

今生，我不会再有机会当面向她祝福；今世，她将永远成为我无数梦中美好的回忆。

拿到离婚证书的当天下午，袁芳搬回到她在丽江花园的房子，不久之后，她就在报社附近也买了一套新房并搬了过去。我在离婚两个月后，将报社后面的那套房子租给了别人，又在广州市天河区珠江新城买了一套房子搬了进去。我不知道袁芳买新房的原因是不是只是为了就近上班，但我知道我将房子租出去是因为袁芳。每天下班后我不敢回到那套和袁芳一起住过的房子，不敢躺在和袁芳一起睡过的床上。

即便如此，我也无法逃避每次见到袁芳时给我带来的刺痛。我们还在同一家单位工作，还在同一栋楼里上班，几乎每天都能在上上下下的电梯里碰面，每次碰面最起码对我而言都会带来一次刺痛。为了彼此能够正常地生活，在离婚近一年半后，从2008年1月1日起，我辞职离开了南方都市报。

第三十五章　总结过去，更好迎接未来

离开南方都市报，我住进了珠江新城的新家。

偌大的房子里只有我一个人，但我并不觉得孤独。在那一年里，我尽可能地拒绝朋友们的各种邀请，我不敢面对他们善意的关怀，同时也想让自己独自清静。我常常整个星期都不下楼，经常关手机或不接听电话。

我需要时间思考，思考我这么多年来做出的每一个决定。我需要反思，反思我每一个决定可能造成的后果。在思考中，我对自己所做的许多事情感到困惑。

年少的时候，因为害怕贫穷，所以离开了家乡，离开了我的亲人和儿时的伙伴。现如今，我在多个城市拥有了多套房产。可在蓦然回首间，我发现自己竟然失去了家的感觉。

年少的时候，痛心于家乡的落后，向往城市生活。可如今，我置身城市之中，竟对农村生活充满了向往。每到周末，城市里的车流纷纷涌向郊外的农庄，吃农家饭、住农家房。

年少的时候，茅草屋让我自卑。现如今，农村里再也没有茅草的踪影，取而代之的是一栋栋两层或三层的小楼。回老家时，躺在二楼的床上却是满怀惆怅，我竟然留恋起茅草屋里，煤油灯下，一家人围坐在一起剥棉花、腌咸菜的温馨时刻。

年少的时候，偌大村庄长年难得走出去一个人。现如今，一座座村庄里，除了老人和小孩，几乎看不到一个青壮年人。

年少的时候，哪怕只是个拖拉机手，也是我们崇拜的对象，我们追逐在拖拉机的后面，试图翻进车斗里，享受坐车的感觉。现如今，每年春节回到老家，越来越多挂着京、沪、粤牌号的小轿车，穿梭在村庄里，其中不乏奔驰、宝马的身影。许多车主都是我儿时的伙伴，他们把车从不同的城市开回家乡，使春节里的农村，变得不像农村。

多少年来，为了摆脱贫穷，我们陆陆续续远离了故乡，四处漂泊，在漂泊中我们获得了财富，财富似乎成为了我们唯一的追求。我们通过汽车、飞机、高铁等高速度交通工具，到达一个又一个城市，提高了工作与生活效率，但这是否预示着更远距离的漂泊?

多少次夜深人静的时候，我反复问自己：难道我们的追求，就是为了住更高档的房子，开更高档的汽车？我们每个人，每天都在想着自己当老板，做更大的官；每个人都在告诉自己，“我是最棒的”。然而，就像奥运赛场一样，冠军只属于极少数人，那些没有成为冠军的人，难道都是失败者吗?

在思考中我逐渐明白，我们可以把冠军当成一个坐标，为之奋斗，为之努力，但我们不一定要成为冠军。冠军和成功者是我们学习的榜样，但能够做平凡的人，过平淡的生活，也是一种幸福。

我越来越深刻地认识到，我们几乎每天都能看到成功的欢笑，但也见识了更多失败的泪水，这些欢笑和泪水都应该引起我们的关注。一个人是应该要有所追求，但不能把追求当成日常生活，不能忘记了自己真正想要的东西。我们原本可以放慢脚步，去尽情享受。如果在准备放慢脚步的同时，又突然加快速度，这样的行为不是在追求，是在放弃，不是在拥有，是在失去。

想到这里，我一度怀疑自己是不是没有了斗志，放弃了追求？在和朋友们偶尔的交流中，我发觉他们也有着与我一样的困惑。前几天，我看到椿桦在他的微博里写下的一段话，大意是，很怀念小时候用碗装豆腐、用稻草拎肉……他的留恋和我有着惊人的相似。而无论是我还是椿桦，我们都在广州拥有了自己的一片天地，我们都过着不一定富有但肯定富足的生活。我们一样都还在努力工作。

通过一年时间的思考，我得出了一个结论：在我今后的人生征途中要适时放缓前进的脚步，这不是懈怠，无论我们有着怎样的追求，都应该在追求的过程中学会停留，用停留的时间来总结过去，来分享成功的喜悦，来提升自己的认知。总结过去是为了更好地迎接未来。就像我此时呈现在您面前的这本拙作。这本书绝对不是为自己立传，我只是想总结一下我们这一代"南漂"者的心路历程。

在广州工作、生活了15年，无论怎样这都是不短的时间。从"南漂"变成"北漂"的初期，我时常想起过去，几次提起笔来想对自己的过去做一次回顾与总结，希望能与有相似经历的人们分享。但我又担心自己年纪尚轻，有哗众取宠之嫌。后在友人的鼓励下，我终于一气呵成，成就此书。

从1998年注册创办广州出门人文化传播有限公司，26岁的我感悟出：有多少出门的人，就有多少奋斗的故事。我深知"鲜花永远在前方，我们永远在路上"。通过这句话，我认为人生没有成功，人生只有奋斗，凡是正在奋斗或曾经奋斗过的人，他们都可以称之为成功者，因为他们奋斗过，因而也算是离成功很近的人。每一个奋斗的人都会延续一个奋斗的故事。今天是我，明天一定是你。

从2005年开始，我报名参加了每年两次的成人自学考试。2006年下半年，南方都市报选送了一批中层管理人员参加为期一年的华南理工大学MBA学习班，每周六、周日上课，我也是其中一员。2007年我拿到了大专文凭，2012年我拿到了本科文凭。

2008年，我几乎用了一年的时间对过去做了一次总结，也对未来进行了规划。我最终知道了未来需要什么，应该怎么做。

近年来，因为常和朋友们聚会，我喜欢上了两首老歌。

一首是《我的未来不是梦》：你是不是像我在太阳下低头/流着汗水默默辛苦的工作/你是不是像我就算受了冷落/也不放弃自己想要的生活/你是不是像我整天忙着追求/追求一种意想不到的温柔/你是不是像我曾经茫然失措/一次一次徘徊在十字街头……

另一首是《真心英雄》：在我心中/曾经有一个梦/要用歌声让你忘了所有的痛/灿烂星空/谁是真的英雄/平凡的人们给我最多感动//再没有恨/也没有了痛/但愿人间处处都有爱的影踪/用我们的歌/换你真心笑容/祝福你的人生从此与众不同/把握生命里的每一分钟/全力以赴我们心中的梦/不经历风雨/怎么见彩虹/没有人能随随便便成功……

第三十六章　别了，梦开始的地方

2009年底，在法治周末报常务副社长李青的邀请下，也算是经历了风雨的我离开广州来到了北京。

在广州15年，我认为我做对的事情只有三件：一是选对了地方，来到了广东；二是选对了行业，进入了新闻界；三是选对了媳妇，娶到了我梦中奢望的袁芳。

而今，我在人生的旅途中丢失了我挚爱的妻子，在我事业发展的道路上，我远离了南方都市报，远离了体现我人生价值的地方。广东，成就了我，是否又抛弃了我？

2010年的春节还没来临，我再一次选择了远离，远离我第一次来到这里就从未想过离开的城市。也许漂泊是命运的主旋律，未知的方向才是我们追求的目标。这不是逃避，更不是逃离，放弃这一片苦心经营多年的天地需要一种极大的勇气。这种放弃恰恰是在证明我梦想依旧，激情依然。我渴望在一个全新的世界里展现自己。渴望一种全新的生活。我坚信一切都会更好。

广东，我梦开始的地方，别了……

后记

1997年，25岁的我成为广东省经济快报社的一名主编，成为一名都市里的“文化人”。从杂工到主编，我只用了三年多的时间。

1998年，26岁的我利用在新闻人物报做记者的空闲时间，投资50万元注册成立了广州出门人文化传播有限公司，自己当了老板，当年我的财富累积便达到了一百万。

在那个年代，像我那样年龄的老板并不多见。用“出门人”作为公司名称，是因为我经历并将继续经历太多出门在外者所经历和将面对的艰难困苦。在当时的中国，无论是做文化，还是做生意，能在短时间内实现文化与财富兼收，是少之又少的。我不敢说这是奇迹，也并不觉得这是我的辉煌。只是个中的磨难、沧桑和太多来不及品味的伤痛，留给了我更加难忘的记忆，值得我书写，这种记忆永远警醒着我继续前进。

1999年，27岁的我成为了《法制日报》广东版主编。第一次走进有武警站岗的法制日报社，在那里我几乎没有看到一位30岁以下的领导和记者。回广州后，因工作需要，我同不少官员打过交道，他们中几乎没有一位40岁以下的——这个年龄的处长及以上干部，在那个年代还很少。

这些成绩的取得是我奋斗的经历，但更是我欠下的一本无法偿还的人情债：没有张勋文，或许我一辈子都不会去广州；没有李姨，或许我还没来得及看清广州的面目就已在这座城市消失；没有程益中，我不可能两次进入南方都市报；没有李矗，或许我永远都不会知道法制日报和华夏时报，更不会成为这两家报纸广东版的主编和站长……他们每一个人都是改变我命运的人，都是我生命中的贵人。

在广州的日子里，林雪和她那一帮兄弟，还有朱丹、江南、张明宝、夏阳、徐长海、吴明来……他们大多是老乡，也都是我的好兄弟好姐妹，他们给了我亲人般的呵护和关怀，他们都是我生命中最重要的人。

想把过去的经历做个总结，是我1998年创办出门人公司就想做的一件事情，那时候还没有太多出门人的故事。直到14年后的今天这本书即将出版，依然还有朋友对我出书的行为表示质疑，认为我是哗众取宠、炫耀，我不想再去争论，依然决定现在就要出这本书，这是我14年前就有的心愿。我只想用曾经的奋斗经历告诉所有关爱我的人：为了我也是为了你们，我一直在奋斗，一直是一个“在路上”的出门人，一个奋斗的出门人。如果我“在路上”的经历和“在路上”的精神，能打动并感染你，那我的目的就达到了。

2012年8月11日夜，在北京陶然亭纪晓岚故居附近的一栋机关大楼里，我坐在电脑边打出了这本书的第一个字。随后的四个整夜，我完成了8万字的初稿。这8万字几乎没有修改，因为它已在我的脑海中存储了14年，我只是借用了电脑的键盘，在最短的时间里让它们走向纸上。在变成文字的过程中，我享受了如释重负、一吐为快的快感。

在本书的出版过程中，得到了很多领导和朋友们的帮助，文化部陶诚副司长在出国前夜连夜为我赶写了序言。评论家椿桦不仅为我写了一篇情真意切的序言，还几次前往出版社和排版公司，对书的版式、装帧和内容提出了宝贵意见。还有北方工业大学大四学生陈霆，连续几夜帮我打字、校对。

在本书的五版发行中，我要特别鸣谢海南省政府办公厅工会周鉴明主席，海南省政府办公厅机关党委段金连副书记，海南奕华拍卖公司、海口广元物业管理公司董事长胡万祥先生。还有海口安徽宿州商会会长王孝坤，海南聚隆园林绿化工程公司总经理沈建军，海南中盈实业公司总经理邱印洲，海南威盾律师事务所卢诲民副主任，广州远致装饰工程公司总经理葛宗寿，北京新发地蔬菜储备库公司副总经理李方园小姐，北京奥利文商贸公司总经理王德品，合肥中盛水务发展公司董事副总经理吴华明博士，安徽省霍邱县委书记刘盛先生，安徽省六安市委宣传部储叶来副部长，东莞市润友塑胶制品公司、合肥科亿铝业公司董事长李娜女士，安徽省和县林海生态园马志春先生，深圳市公安局特警支队李广利先生等单位及个人给与了大力支持。

对以上企业及朋友，我在此一并表示真挚的感谢！

张东

2014年1月28日于北京

六版感言
“中国梦”应寄托于年轻一代

1979年，我国改革开放正式拉开帷幕的那一年，15岁的哥哥张业中和12岁的大姐张萍告别了学生时代，完全融入到他们早已熟悉的田间地头。他们两个人各自留下了一个补丁叠补丁的书包，我挑选了其中的一个，背着它开始了读书生涯。

上学第一年的我，是幸福的。每天清晨，在同一个学校读三年级的二姐张琼，一次又一次地将我从被窝里拖起来，牵着我的手，一起上学。每当放学的铃声响起，二姐又会准时出现在我面前，将我从玩弹子、打纸包、滚铁环的小伙伴堆里拖走。偶尔也有几次，我和另外的同学刚扭打在一起，二姐又如神兵天降，和对方也已赶到的哥哥或姐姐扭成一团。姐弟俩闯下的祸害苦了父母。我记得，父亲好几次站在家里的鸡窝前，将积攒了几天的鸡蛋，用手捡起又放下，最终还是用布全数包起，送到被我们打得鼻青脸肿的同学家中。

我上学的第二年，11岁的二姐也离开了学校，回归田园。我那时并不知道这和贫穷有关，只知道每年开学前后的几天，父母为了我们的学费而到处奔走，东拼西借，甚至到学校哀求老师，将学费暂缓几天，虽然那时的学费只要一两块钱。

随着年龄的增长，我从哥哥、姐姐们那依然瘦弱、矮小的身影里，从他们在田间地头辛苦劳作的痛苦表情里，感受到了生活的艰辛。但多少次夜深人静，哥哥、姐姐们总是在被窝里安慰我："哥哥不累"，"姐姐不累，你安心读你的书。"正是从那时起，我开始无心读书，并利用课余时间下地帮助家人干活。虽然没有人告诉我"穷人的孩子早当家"，但这句话，在贫穷中成长起来的孩子们，早已无师自通。

这是我对儿时生活的记忆。这也是很多人的记忆。

在那个年代，我们经历着贫穷、寒冷和饥饿，但同时，我们也享受着苦难带给我们的爱：仅有的一碗饭，一家人不是争着吃，而是相互推让；一年到头攒下的一点钱，一家人不是争着给自己做衣服，而是让给最辛苦的父母和最幼小的弟妹。在那个贫穷的年代，在天下穷苦人家常住的茅草房里，团结、关爱、互助的感人场景，随处可见。

因为贫穷，年仅15岁的我早早离开了校园，外出务工。因为病重的父亲让原本破旧的茅草屋显得更加破旧不堪，摇摇欲坠，无奈之下，我用在上海流血换取到的路费，南下广州，决定为自己的家庭"杀开一条血路"。在举目无亲的城市街头彷徨，胆战心惊地在楼道里留宿，一路蹒跚，我走到了今天。

之所以选择广州，是因为那是中国改革开放的前沿。改革开放，为我们六七十年代出生的人，带来了机遇和挑战。尤其是我们这些一穷二白的青年农民，无学历、无背景、无编制，有的只是一股干劲和坚韧不拔的精神。在那个英雄不问出处的年代，我们有幸成为第一批享受到改革开放成果的人，从一个到处流浪的农民工，变成了一个时代的弄潮儿。

这种命运的改变得益于一种精神，其中既有大爱，也有责任担当。这种精神，和我们这代人的创业历程，也许在80后、90后这些独生子女的眼里，是故事，是传奇。我不敢断言，我们这代人的奋斗精神正成为如今这时代的稀缺资源，但可以断定，这种精神需要发扬，需要薪火相传。

受益于改革开放的一代人，已经成为这个社会的中流砥柱。在经历了十年浩劫之后，他们或经过恢复高考走进大学，走进官场；或顺应改革开放的东风，从农村走向城市，成为商界的弄潮儿，成为改革创新的主力军。这一身份的转变，是因为他们曾经经历了贫穷，并时刻铭记贫穷。因此，他们收获更多。如今他们都是40岁、50岁的年纪，已经从建设的主力军变成引导和管理这个社会的人。而未来社会的重担，正在逐渐移交给80后、90后。他们大多数是独生子女，缺乏苦难的经历，承受挫折的能力自然不如上一代。面对物欲横流的社会，他们的梦想在哪里，追求在何方？他们需要一种榜样的力量，一种大爱的精神，一种百折不挠的坚强意志，引导他们走得更远。

当下，伟大的中国人民正以前所未有的激情来实现中国梦，强国梦。改革开放30多年，创造了一个又一个辉煌的60后与70后，随着年龄的不断增长，他们奋斗的时间已为数不多。在新的历史时期，已走向成熟的80后、90后必须承担起历史的重托。实现中国梦，将寄托于更加年轻的一代。年轻一代在承接起国家使命之时，需要学习和借鉴上一代人积累的经验和精神。相信，《出门人》这本书中所记载的许多经历，对年轻一代将有很好的启示意义。

改革开放的春风早已吹绿大江南北，一部部歌颂改革开放的文艺作品，也应运而生，《外来妹》、《公关小姐》等电视剧的主题曲曾风靡一时，吸引着一批又一批奔赴改革开放前沿阵地的热血青年。一晃，曾经的懵懂少年已人到中年，他们中的许多人，也成为了一代人的楷模。回顾过去，他们依然热血澎湃。展望未来，他们殷殷期盼。今天的我，热切渴望将我们的奋斗故事与更多人分享，希望这段经历以书或者影视的形式，感召后来者，促使更多年轻人秉承我们的创业精神和历史责任感。

■ 2014年8月，安徽省著名书法家、中国书法家协会会员、安徽省书画创作研究院副院长、教授级高工鲁地（右），在读完《出门人》书后，欣然泼墨挥毫为本书题词

跋一　归零的心态

许昌兵

寒风乍起，枯叶遍地。北京的冬天总是突如其来。

和张东相识于北京初冬的一个晚上。老家的宣传部长来京出差，几个老乡相约小聚，在这次聚会上，认识了这位一眼就能看出全身上下都是故事的“出门人”老乡。

张东给我的第一印象非常深刻，他的热情，他的坦率，他待人的周到，均让你在瞬间卸下陌生和拘谨。因为同龄，因为职业，更因为直线距离不到20公里的久违的乡音，相互间固有的乡情陡然间浓烈起来。吃饭的时间很短，但我们聊了很多，临别时，他送了我这本《出门人》。

此后的两天，我利用值夜班的空隙，一气读完了《出门人》。全书没有华丽辞藻与精心雕琢，没有铺垫与起承转合，仿佛电影快闪的手法，迅速地回放着一个背着麻袋的瘦弱青年，从农村疯跑出来，奔向大都市淘金、创业的惊险历程，平实中跌宕起伏，险象环生。抚卷沉思，令人唏嘘不已。

我和张东几乎有着一样的童年与少年。那个年代，生活在农村的孩子基本上都经历过缺衣少食、三餐不饱的窘迫。农忙时，多数人一边上学一边还要参与家里繁重的体力劳动。一些家庭因孩子多、负担重，甚至不得不抓阄选择最后的上学“名额”。那时候，父辈们不断传输给我们的就是“跟黄泥打交道没有出路”，到城市去，那里才是希望。张东是我们那一代人里那一个群体的缩影。

我和张东又都是新闻人，有着差不多的报龄。我深知做报纸的不易，不仅每天都要面对不同的新闻，每天都要面对不同的采访对象，而对于一个不到30岁的年轻的主编，要承担着一个版块、一个中央级报纸地方版的内容和经营，还有工作之外纷繁复杂的人际关系，其压力之大，非一般人能想象。波折自然难免。

成功，对于每个人都有不同的定义，不同的外延与内涵。毫无疑问，张东的成功首先要归结于他吃苦的精神，但在这些农村人基本都具备的特质的前提外，他的成功更多是因为谦逊甚至谦卑的心态。“只有蹲下来，才能跳起来。”张东低调做人高调做事，好像从没有患得患失，裹足不前。他也没有小富即安，担心失去来之不易的一切。他广交朋友，广结善缘。逆境时，又总有意想不到又好像冥冥中注定的温暖之手向他伸出。

张东的成功还在于他归零的心态，无论每一次成功，每一次折戟，还是每一次生活上的变故，他都能迅速梳理自己，从内心回到原点，从几千公里外偏远的小院子，找到重新出发的动力。

“自古花有年年开，至今见佛能几人”。那个年代，南下广东、深圳淘金的人前仆后继，一批接着一批，并不是所有的人最终都能像张东一样指点江山，壮怀激烈。“好汉不怕出身低”，从张东的身上，你能看到一个人的成功所需要的内在的精神。即使你身无几文、穷苦不堪，即使你没有耀眼的学历、显赫的背景，但只要你努力、坚韧、与人为善、心态积极，你总会找到属于自己的成功。

每个人都是一面镜子，思人及己，无论你北漂还是南漂，希望你能从这本书找到“出门人”自己的信念。

2014年12月2日

（许昌兵，京华时报副总编辑）

跋二 奋斗着是幸福的

谢金文

张东的《出门人》是一次朴实的讲述：奋斗，和奋斗的结果。

这可能只是千千万万创业者故事中的一个，但故事主人公在平淡的叙述中给许多人以启发。在最低的起点和理想化的结局之间，以任何更成功的案例来与主人公比较，已经没有任何意义。

与众多90年代怀抱着理想来到南国的打工仔一样，当初的张东还谈不上为了理想。出身安徽贫困农民家庭的他，最初的工作冲动不过是为了最基本的生活需求，但奋斗的本身就是升华的过程。在个人生活、工作取得一系列进展之后，他的工作对于社会进步来说，已经是一个十分协调和优美的音符，共同谱写着我们时代的旋律。

他从事传媒广告，出入官商政界，从齐家小事到见证国家大事，他都显得游刃有余。有时候，我会这样去思考，如果我也能吸收他的一些长处，我现在会怎样？

只要放下身段，倾心追求你的目标，成功就在不远处——这就是张东给我们最好的启示。回想起现在一些名校的毕业生，宁肯将自己供在精神的象牙塔中，也不愿意在事业的起点做些最起码的努力，过高的起点反而成为最失败的开始。它给人的警示是如此的深刻。怪不得《出门人》这本看似普通的自传，竟在一年内五次再版，并且取得销售六万册的佳绩。

仅仅是工作上几次简单的接触，张东就与我成为朋友。而我们的交汇点，却在于中国残疾人的服务工作。在工作中，我发现他与中国残疾人联合会工作系统的高级领导和基层员工，都是如此熟悉，而他对于这类工作是如此地有热情和责任感，这顷刻间增加了一份我对他的信任和尊重。他对人总是那么充满热情，对于朋友的困难总是倾力相助，而他自己丝毫没有觉察出这会使人产生好感甚至感动，因为一切均出乎他的本性和原始的理念。

其实，我已无需说更多，现在你最需要做的是，翻过这一页，用心聆听主人公娓娓的叙述：伟大的时代中一个奋斗者的故事……

2014年1月18日于北京

（谢金文，华夏时报副总编辑）

跋三　大路朝天

椿桦

长风在高高的山尖上卷起黄尘
大路向晚　如心灵的水域
朝天边延伸
孤单的马车上
坐着那个在众人中消失的人

请不要问他从哪里来
请不要挽起袖子
擦拭满途风尘
一只背负青天与石头的瘦鸟
他要越来越远
离开那个凌晨　离开众人
任风与车轮激起梦一般的尘埃
喧响　掩盖　回升　到达

巨风的中心

请不要问

一个在众人中消失的人

要行走多远

才能摆脱滚滚飞尘

不舍的穷追

——《尘土飞扬》

一

1994年，春节还没过完。我坐在皖西南长江北岸的一个乡间小屋里，写下了上面这首诗。

那时候，我并不能确定这首诗究竟是为谁而写。在不远处的村道上，不时会有背着行囊的路人走过，我知道他们都会不约而同地抵达离村子不太远的安庆市，然后从那里乘车或乘船出发，各自前往已率先改革开放了的大都市。尽管那时候距邓小平南方谈话已有两年，但是具有中国特色的“下海潮”、“民工潮”依旧风起云涌。

几个月之后，我将成为一名人民教师。可是，每每从收音机里听到南方如火如荼的建设气息，我的内心总会有一丝莫名的躁动。我知道，在那庞大的建设大军之中，有我的乡亲，我的同学，我的亲友。也许不久之后，其中也会有我的身影。坐在乡间小屋里，我写下了《尘土飞扬》这首诗。

此时，我不可能知道，就在春寒料峭的上海市外滩，有一位陌生的、又黑又瘦的农民工兄弟，正斜倚栏杆，任黄浦江的风吹乱自己的头发。那时候，安徽的打工者最爱往上海跑，这位农民工兄弟便来自安徽巢湖的农村。来来往往的行人根本不会多看他一眼，更不可能知道他正在为200元路费而发愁。他在外滩上好奇地欣赏着黄浦江两岸的高楼大厦与都市美景。他的衣服和鞋子上，布满了已经风干的水泥灰。而他的左脚，不久前被钢筋扎破，留下了一道疤痕。

这位农民工兄弟从安徽跑到上海的建筑工地拼命干活，目的并不是为了留在上海，而是为了筹集去南方的路费，他的目的地是1500公里之外的广州。当然，他那时去广州的动机也不是为了留在广州，而是筹集救治父亲的医药费，以及改造摇摇欲坠的乡下老宅所需的钱财。

安徽的农民工兄弟徘徊于黄浦江畔的时候，遥远的北方依旧白雪飘零。

此时，在历史文化名城西安市，有一位美丽的女大学毕业生，正在温暖的客厅里烤火。家中的彩色电视机，在播放新闻，是关于春运的报道。新闻说，滚滚的民工潮远远超过了铁路运输的极限。这位美丽的姑娘看到电视画面上人山人海的场面，既觉得不可思议，又对南下打工者满怀同情，同时还对遥远的南方，满怀好奇。

我、农民工兄弟和西安的姑娘，素昧平生，三个人生活在三个完全不同的世界里。假如，农民工兄弟是我的朋友，我当然会将身上仅有的百来块钱借给他；假如，农民工兄弟是西安姑娘的心上人，姑娘一定会心疼地帮他擦拭脚背上的鲜血，包扎好伤口……但是，在1994年的春天，这些只是假设而已。

不得不说，在现实面前，小说的想象力是苍白的。四年后，三个不同的世界在广州重叠——我、农民工兄弟、西安的姑娘，在同一幢大厦里成了同事。又过了两年，农民工兄弟成了我的上司；又过了一年，西安的姑娘与农民工兄弟手牵手，走进了婚姻的殿堂。

二

20世纪90年代初，美国作家凯鲁亚克的一本书《在路上》，在中国年轻人中颇受追捧。“在路上”一度成为一句口号，激励年轻人追求自由生活，走向外面世界。也正是在那个年代，足不出户的中国农村青年，开始了史无前例的大流动。

走出去，是一个很关键的动作，迈出那一步，墨守成规的人生就会充满多种可能性。中国有句俗语，叫“大路朝天，各走各边”，意思是说，我们所走的道路，并不是属于哪一个人，各走各的，不要彼此妨碍。但是对这句话，我个人还有一个新的解释，那就是：每一条大路都通“天”，就看你从哪边走，怎么走了。我们得承认，每一个走在大路上的人，都有各自的精彩或无奈。毕竟，人类不是孙悟空，可以通过“筋斗云”这条捷径而直达天庭。实现梦想真要是那样容易，人生也就太无趣了。我的朋友张东给自己创办的公司所定的口号是：“有多少出门的人，就有多少奋斗的故事”，说的理儿便是奋斗的意义大于出门本身。而他本人，便是一个永远的出门人，是一个创造了精彩人生的人。

认识张东，是在1998年的夏天。

一天傍晚，在南方日报大楼电梯口，我遇见我的同乡兼同事曹霁正同一个生面孔有说有笑地走出电梯。曹霁见到我后，叫我一起去外面吃晚饭，那位生面孔也非常热情地向我发出了邀请。我本来是要回办公室办点什么事的，但觉得已经到吃晚餐的时间了，而且有免费的晚餐可吃，犹豫了一下之后，就跟他们一起去了。记得当时我们去的是环市东路黑天鹅饺子馆。不久之后，餐桌上又多了一位靓女。经曹霁介绍，我知道请我们吃饭的这位生面孔叫张东，安徽人，是南方都市报采访部的记者，说起来跟我既是同事也是同乡了。那位靓女名叫乃馨，当时是张东的女友。

那时候，张东给我的第一印象不太好，他夸夸其谈，热情过度，令我这个性格比较内向的人难以接受，尽管他出钱请我吃了饭。倒是他身旁的女友，颇得我的好感，文静，清秀，举止得体。那个时候，我做梦也不会想到，眼前这位令我不太喜欢的男人和那位已经成为别人女友的女子，将来会与我成为事业上的伙伴。

自那次餐桌相识以后，张东时常打电话约我出去吃饭、泡酒吧，或参加聚会。渐渐地，我觉得这个人虽然表面过于热情，过于爱讲没心没肺的俏皮话，但内心同样热情似火，并不像我们常见的那种口是心非的虚伪之徒。你觉得他吹牛，但事后你常常会发现他讲的又确实符合事实。他为人谦虚，工作细致，乐于助人，广结善缘，朋友遍天下。我印象中，朋友请他办事，他几乎从不拒绝，有条件要办，没条件创造条件也要办。我经常想，他哪来这么多的社会关系，哪来那么好的精力和能力呢？

许多年以后，我突然想：张东待人接物之所以永远热情洋溢，或许是因为他有一段非常凄苦的过去，受到过太多的冷眼。在他心目中，所有在城市打拼的人，都是出门人，都是同路人，都是兄弟姐妹。当然，他同时也要让热情的面孔为自己的事业打开通道，让自己的大路通向更高更远和更宽广的地方。

三

20世纪90年代的广州，正处于改革开放的高潮期。无数热血青年，唱着《春天的故事》《外面的世界》《走四方》《我的未来不是梦》

等流行歌曲来到这里，挥洒汗水，收获梦想。他们中的许多人，如今已是不同领域的精英和领军人物，成了新时代的顶梁之才。

张东选择了广州这片热土，这片热土也选择了他。他一无学历，二无经济基础，三无社会背景，是名副其实的“三无”人员，是从零开始的一代创业者。从1998年相识以来，我几乎见证了他在14年中的每一个奋斗过程——从建筑工，到业务员，到记者，到报纸主编，到企业董事长……他的经历表明，大路确实朝天，有梦想才有可能。

我与张东是同龄人，不小心又成了他“在路上”的同行者、见证者、参与者，这是一种巧合，也是一件幸事。14年来，张东虽然一直拿我当哥们儿，但也一直谦虚地称我为老师，因为他觉得在新闻写作和办报方面，从我这儿有所获益。说起来很是惭愧，因为我觉得张东在为人处世、创业敬业等很多方面，都足以担任我的老师，而我却从来没有尊称过他。这其中最主要的原因，或许是我并没有真正学到他的“看家本领”，当然，我也学不到。

说到这儿，大家都已经清楚，当年在上海外滩徘徊不定、为区区200元路费而发愁的人是谁了。而我在本文开头引用的一首诗，大概也可以理解成是当年提前为未来的朋友张东所写。至于那位美丽的西安姑娘，会在本书的后半部分出现，她的名字叫袁芳……

不多说了，各位还是看书吧，看出门人张东聊他在广州的奋斗故事。

2012年9月28日于广州倚翠轩

（椿桦，原名汪春华，知名时事评论家，资深报人，畅销书《摸着良心过河》《舆论尖刀》《异论中国》的作者，系列年选《中国年度时评》主编）

附录

附录一　工作简历

1990年—1993年	安徽省巢湖市司集乡化肥厂采购员
1994年—1997年7月	广州融捷投资管理集团有限公司行政助理
1997年8月—12月	广东《经济快报》记者、主编 其间针对当时混乱的传销市场，开辟《传销透视》和《营销透视》两个专栏，两个月内采访报道20多家企业、专版出版20多期、策划两家企业的专场晚会，为报社创收50万元
1998年2月—9月	广东《南方都市报》记者
1998年—1999年	广东《新闻人物报》记者
1998年至今	广州出门人文化传播有限公司董事长
1999年—2002年	《法制日报》广东版主编 1999年创建出版的《法制日报》广东版属于本人独立创办

2000年—2003年	兼任法制日报子刊《法制与新闻》广东工作站站长 《法制与新闻》广东工作站属于本人独立创办
2001年—2003年	兼任中国残联华夏时报广东记者站记者、站长 华夏时报广东记者站属于本人独立创办
2004年—2007年	南方都市报公共事务部主任
2008年至今	广州黑石数码科技有限公司副总裁
现　任	五洲传播中心视点传播副总经理

附录二　委托书

法制日报社

委托书

经国家新闻出版署批准，法制日报决定2000年开始在广东出版地方信息广告版。该版随正报发行。

经报社研究决定，委托张东同志负责广东信息广告版的筹备工作。

法制日报社广告信息部

1999年12月6日

附录三　关于张东的任职通知

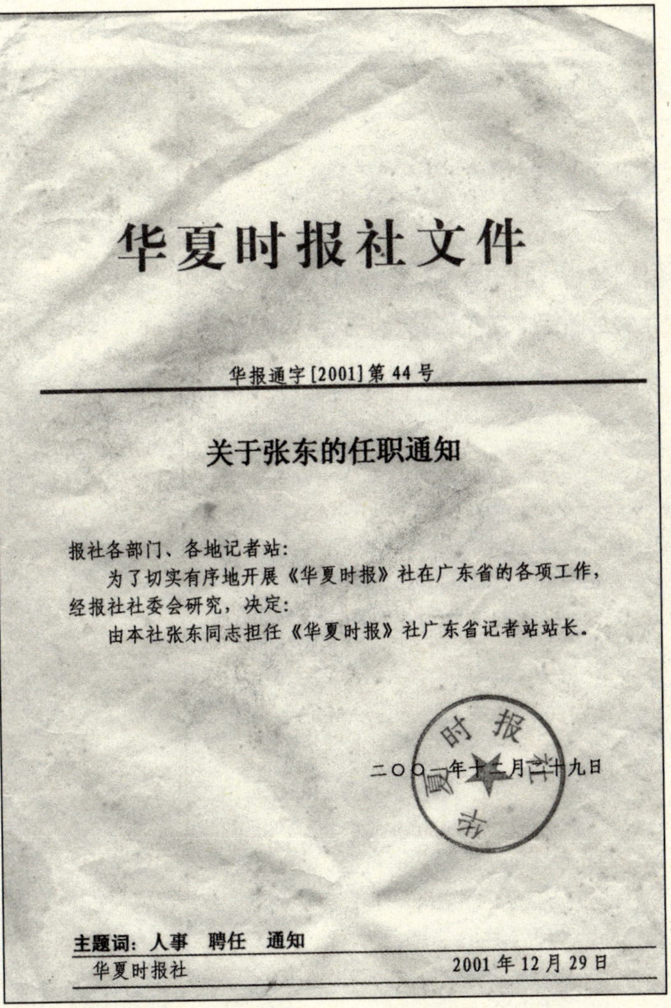

华夏时报社文件

华报通字[2001]第44号

关于张东的任职通知

报社各部门、各地记者站：

为了切实有序地开展《华夏时报》社在广东省的各项工作，经报社社委会研究，决定：

由本社张东同志担任《华夏时报》社广东省记者站站长。

二〇〇一年十二月二十九日

主题词：人事　聘任　通知

华夏时报社　　2001年12月29日

附录四　关于《法制与新闻》杂志社在广东省设立“法制与新闻广东工作站”的决定

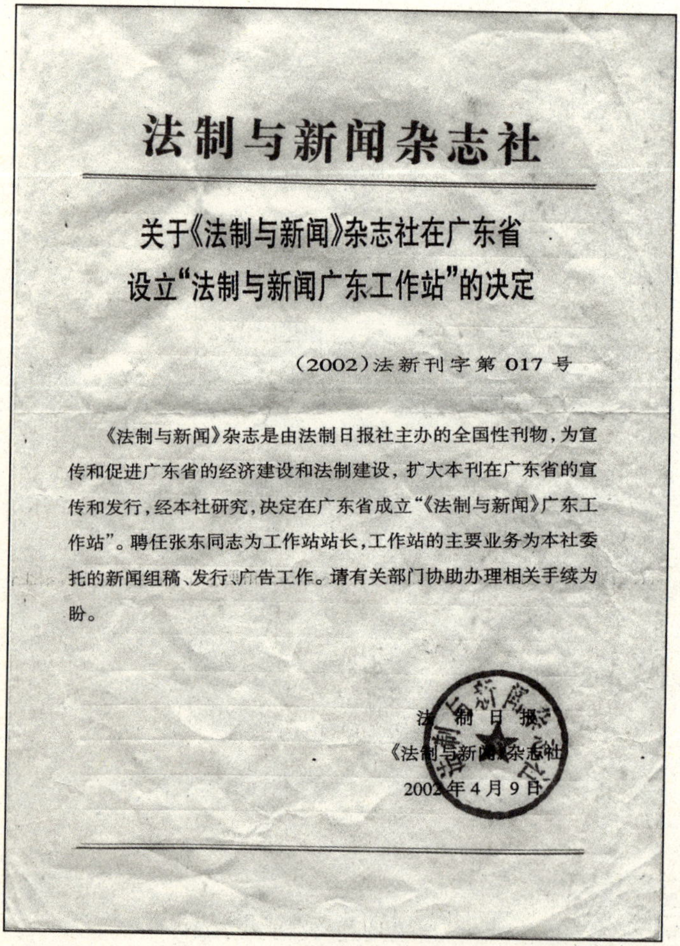

法制与新闻杂志社

关于《法制与新闻》杂志社在广东省设立“法制与新闻广东工作站”的决定

（2002）法新刊字第017号

《法制与新闻》杂志是由法制日报社主办的全国性刊物，为宣传和促进广东省的经济建设和法制建设，扩大本刊在广东省的宣传和发行，经本社研究，决定在广东省成立“《法制与新闻》广东工作站”。聘任张东同志为工作站站长，工作站的主要业务为本社委托的新闻组稿、发行、广告工作。请有关部门协助办理相关手续为盼。

法制日报

《法制与新闻》杂志社

2002年4月9日

附录五　关于参加“宣传新修订《药品管理法》暨‘反误导、打虚假’整治药品市场”活动声援函

广东省药品监督管理局
法制日报广东版

粤药管函〔2001〕109号

关于参加“宣传新修订《药品管理法》暨‘反误导、打虚假’整治药品市场”活动声援函

各药品生产、经营企业及医疗单位：

新修订的《药品管理法》已正式颁布，并将于2001年12月1日开始实施，这是我国社会经济生活中的一件大事，也是我国法制建设的又一重大成果。

从4月份开始，由省药品监督管理局联合《法制日报》广东版开辟的“法眼看市场——来自药品监督的一线报道”专栏，在社会上引起了一定的反响。为进一步贯彻国务院办公厅《转发国务院体改办等部门关于整顿和规范药品市场的意见的通知》（国办发〔2001〕17号）中关于“反误导、打虚假”的精神，“法眼看市场”专栏组将于9月份开始，在全省范围内开展大规模宣传“新修订的《药品管理法》暨‘反误导、打虚假’整治药

品市场”活动，并推出全省各级药品监督管理系统打假系列特刊。

为使本次活动顺利进行，在社会营造出人人参与“反误导、打虚假”的强大声势，特邀请贵单位参与声援，并支持如下工作：

1、本单位声援承诺内容请详阅附表后填写，并将回执表寄回本次专项活动领导小组办公室。

2、参加“宣传新修订《药品管理法》暨‘反误导、打虚假’整治药品市场”专项活动，并在活动现场设置声援单位承诺展牌，然后由法制日报广东版在《法眼看市场》专栏上刊登声援承诺内容。

本次专项活动办公室地址：广州市东风东路703号粤剧院大厦7楼《法眼看市场》专栏组。

电话：87666000—3901，87692689，传真：87692687

联系人：方红毅，邮编：510080

广东省药品监督管理局　　法制日报社广东版

二〇〇一年九月三日

抄送：各市药品监督管理局

附录六　关于《华夏时报》广东记者站在全省开展宣传报道活动的通知

广 东 省 残 疾 人 联 合 会

关于《华夏时报》广东记者站
在全省开展宣传报道活动的通知

各地级以上市残联：

《华夏时报》是由中国残联主办的唯一一份、面向全国发行的综合性日报，以其“关心天下大事，关注民生疾苦”的办报宗旨，针砭时弊、弘扬正气，深受各级政府重视和广大读者喜爱。

2003 年是实施《广东省残疾人事业“十五”计划纲要》的第三年，在 5 · 18 第十三个“全国助残日”来临之际，为了更好的向全国推广、宣传广东各级残联近年来所取得的经验、成绩；讴歌残疾人自强不息的精神风貌；感受优秀残疾人创业的心路历程；展示社会各界扶残助残的典型事迹；彰扬一批热心支持广东狮子会发展的优秀会员；《华夏时报》广东记者站于 2003 年 5 月开始，在全省开展“广东残疾人工作发展现状、与广东残疾人面对面、广东弱势群体透析、广东一爱心家园……等系列宣传报道。

通过此次活动，将更好地营造一个“关注社会弱势群体，关心残疾人事业”的社会环境，进一步弘扬社会主义人道主义精神，树立一种“人人参与，个个都奉献”的社会主义新风尚。

此次活动，请各级残联及有关单位给予重视、支持，积极提供相关新闻线索，确保报道活动圆满成功。

本次活动由《华夏时报》广东记者站具体负责实施。

办公地址：广州市广州大道北5号空军天河干休所5楼《华夏时报》广东记者站

电话：020—37604699　　37600930

传真：020—37604697　　邮编：510610

联系人：张东　　薛玲

广东省残疾人联合会

二〇〇三年五月八日

附录七　关于在《华夏时报》联合创办“装饰材料专版”的通知

—

广东省装饰材料行业协会文件

粤饰材〔2003〕27号

关于在《华夏时报》联合创办“装饰材料专版”的通知

各会员单位、各相关企业：

目前，以“新北京、新奥运、新形象”为主题的城市建设正在北京如火如荼地展开。以北京为核心的京津唐经济区是中国三大经济区之一。全国房地产业、室内装饰产业蓬勃发展新的热点在北京。

广东省是建筑装饰材料生产大省，在全国具有举足轻重的地位。目前广东省各相关企业正是在北京树立良好的企业形象，提高产品知名度，开辟北京市场，提高市场占有率的最佳时机。为了增强我省企业在北京的竞争力，本协会特与《华夏时报》合作在该报开辟“建材装饰专版”，以新闻专题的形式，全方位的采访角度，用大篇幅、大版面对企业进行报道。

《华夏时报》是一份立足北京、面向全国、读者覆盖面广的新闻综合类都市新闻日报，以“聚集新闻热点，透视新闻内幕”为宗旨，具有强烈的新闻性、必读性、差异性、现代感和亲和力。《华夏时报》自创刊以来，其特色鲜明、可读实用、城市化程度高、发行量广，深受广大读者的喜爱。

广东省装饰材料行业协会与《华夏时报》共同创办的“建筑材料专版”将不定期开展学术活动，倡导先进的营销理念；宣传企业最新产品，增强企业核心竞争力，提高广东装饰材料在北京及全国的影响力；建立装饰材料的精英沟通渠道，展示装饰材料营销人才和技术人

- 1 -

才，建立交流营销经验和最新装饰材料产品的平台。

“建筑装饰专版”由《华夏时报》广东记者站负责采访与编写，协会参与组稿。请各单位积极配合，充分利用这个媒体宣传平台，展示企业与产品，同时共同提高广东建筑材料行业产品在北京的整体竞争力。有关报道方式、回报和收费，另附资料。

广东省装饰材料行业协会

年 月 日

广东省装饰材料行业协会
地 址：广州市豪贤路172号510室 邮 编：510030
电 话：020-83300446、83196449 传 真：83300446
联系人：宋志勇、区海华

《华夏时报》广东记者站
地 址：广州市广州大道北5号空军天河干休所5楼
电 话：020-37600930、37604697
联系人：张东、蔡红欣

- 2 -